TRANZLATY

Η γλώσσα είναι για όλους

El idioma es para todos

Η Μεταμόρφωση

La Metamorfosis

Φραντς Κάφκα

Franz Kafka

ελληνικά / Español

Μέρος πρώτο

Primera parte

Όταν ο Γκρέγκορ Σάμσα ξύπνησε ένα πρωί από
ταραγμένα όνειρα, βρέθηκε μεταμορφωμένος στο
κρεβάτι του σε ένα τερατώδες παράσιτο

Cuando Gregorio Samsa se despertó una mañana de un sueño
intranquilo, se encontró en su cama convertido en una
monstruosa alimaña.

Ξάπλωσε στη σκληρή πλάτη του σαν πανοπλία

Yacía sobre su espalda dura, como una armadura.

**και είδε, αν σήκωνε λίγο το κεφάλι του, την θολωτή,
καφέ κοιλιά του χωρισμένη με τοξωτά ενισχυτικά**

y vio, si levantaba un poco la cabeza, su vientre abovedado y
marrón dividido por refuerzos arqueados

**γιατί η κοιλιά, στο ύψος της οποίας η κουβέρτα, έτοιμη
να γλιστρήσει εντελώς κάτω, με δυσκολία κρατούσε**

porque el vientre, a cuya altura la manta, a punto de deslizarse
por completo, apenas podía sostenerse

**Τα πολλά του πόδια, αξιολύπητα λεπτά σε σύγκριση με
το συνηθισμένο του μέγεθος, τρεμόπαιζαν αβοήθητα
μπροστά στα μάτια του**

Sus numerosas piernas, lamentablemente delgadas en
comparación con su tamaño habitual, parpadeaban
impotentes ante sus ojos.

«Τι έπαθα;» σκέφτηκε

«¿Qué me ha pasado?», pensó.

Όμως δεν ήταν όνειρο

Pero no fue un sueño

**Το δωμάτιό του, ένα πραγματικό ανθρώπινο δωμάτιο,
λίγο πολύ μικρό, βρισκόταν ήσυχα ανάμεσα στους
τέσσερις γνωστούς τοίχους**

Su habitación, una auténtica habitación humana, aunque un
poco pequeña, se encontraba tranquilamente entre las cuatro
paredes conocidas.

**Πάνω από το τραπέζι, στο οποίο απλώθηκε μια
αποσυναρμολογημένη συλλογή δειγμάτων
υφασμάτων, κρεμόταν η εικόνα**

Sobre la mesa, sobre la que se extendía una colección desmontada de muestras de tela, colgaba el cuadro

Η Samsa ήταν ταξιδιώτης και γι' αυτό είχε τη συλλογή δειγμάτων από υφασμάτινα είδη

Samsa era un viajero y por lo tanto tenía la colección de muestra de productos textiles.

την εικόνα που είχε κόψει πρόσφατα από ένα εικονογραφημένο περιοδικό

La imagen que había recortado recientemente de una revista ilustrada.

και είχε τοποθετήσει την εικόνα σε ένα όμορφο, επιχρυσωμένο πλαίσιο

y había colocado el cuadro en un bonito marco dorado.

Η εικόνα απεικόνιζε μια κυρία

La imagen mostraba a una dama.

μια κυρία που κάθεται όρθια φορώντας ένα γούνινο καπέλο και ένα γούνινο μπόα

Una dama sentada erguida con un sombrero de piel y una boa de piel.

μια κυρία με μια βαριά γούνινη μούφα, στην οποία είχε εξαφανιστεί ολόκληρος ο πήχης της, ανασηκώθηκε προς τον θεατή

Una dama con un pesado manguito de piel, en el que había desaparecido todo su antebrazo, se levantó hacia el espectador.

Ο Γκρέγκορ κοίταξε τότε προς το παράθυρο και τον θαμπό καιρό

Gregor miró entonces hacia la ventana y el tiempo gris...

μπορούσες να ακούσεις τις σταγόνες της βροχής να χτυπούν το παράθυρο

Se podía oír las gotas de lluvia golpeando la ventana.

ο καιρός τον έκανε πολύ μελαγχολικό

El clima lo puso muy melancólico.

Τι θα λέγατε αν κοιμηθώ λίγο ακόμα και ξεχάσω όλες αυτές τις ανοησίες, σκέφτηκε

¿Qué tal si duermo un poco más y me olvido de todas estas tonterías?, pensó.

αλλά αυτό ήταν εντελώς ανέφικτο
Pero eso era completamente inviable.
γιατί είχε συνηθίσει να κοιμάται στη δεξιά πλευρά
porque estaba acostumbrado a dormir sobre su lado derecho
αλλά στη σημερινή του κατάσταση δεν μπορούσε να
φέρει τον εαυτό του σε αυτή τη θέση
Pero en su estado actual no podía llegar a esa posición.
Ανεξάρτητα από το πόσο δυνατά πετούσε τον εαυτό του
στη δεξιά του πλευρά, πάντα κουνούσε πίσω στην ύπτια
θέση
No importaba con cuánta fuerza se lanzara hacia su lado
derecho, siempre se balanceaba hacia atrás hasta la posición
supina.
Μάλλον το δοκίμασε εκατό φορές
Probablemente lo intentó cientos de veces.
έκλεισε τα μάτια του για να μη δει τα ταραχτά πόδια
Cerró los ojos para no ver las piernas inquietas.
και σταμάτησε μόνο όταν άρχισε να νιώθει έναν
ελαφρύ, θαμπό πόνο στην πλευρά του που δεν είχε
νιώσει ποτέ πριν
y sólo se detuvo cuando empezó a sentir un dolor leve y sordo
en el costado que nunca había sentido antes.
Θεέ μου, σκέφτηκε, «τι επίπονο επάγγελμα που
διάλεξα!».
Oh Dios, pensó, "¡qué profesión tan agotadora he elegido!"
Μέρα με τη μέρα στο ταξίδι
Día tras día en el viaje
Ο επιχειρηματικός ενθουσιασμός είναι πολύ
μεγαλύτερος από ό,τι στην πραγματική επιχείρηση στο
σπίτι
El entusiasmo empresarial es mucho mayor que en el negocio
real en casa.
και εξάλλου έχω αυτή τη μάστιγα των ταξιδιών
Y además tengo esta plaga de viajar.
τις ανησυχίες για τις συνδέσεις τρένων και το
ακανόνιστο, κακό φαγητό
Las preocupaciones por las conexiones ferroviarias y la

comida irregular y mala.
μια διαρκώς μεταβαλλόμενη, ποτέ μόνιμη, ποτέ ζεστή
ανθρώπινη αλληλεπίδραση
Una interacción humana siempre cambiante, nunca
permanente, nunca cálida.
«Ας τα έχει όλα ο Διάβολος!»
"¡Que el diablo se quede con todo!"
Ένιωσε μια ελαφριά φαγούρα στην κορυφή του
στομάχου του
Sintió un ligero picor en la parte superior del estómago.
προχώρησε αργά ανάσκελα πιο κοντά στον στύλο του
κρεβατιού
Se movió lentamente sobre su espalda más cerca del poste de
la cama.
για να μπορεί να σηκώνει καλύτερα το κεφάλι
para poder levantar mejor la cabeza
βρήκε το σημείο που κνησμούσε, το οποίο ήταν
καλυμμένο με μικρές λευκές κουκκίδες
Encontró el punto que le picaba y que estaba cubierto de
pequeños puntos blancos.
μικρές λευκές κουκκίδες που δεν μπορούσε να κρίνει
Pequeños puntos blancos que no podía juzgar.
και ήθελε να αγγίξει το σημείο με το ένα πόδι
y quiso tocar el lugar con una pierna
αλλά τράβηξε αμέσως το πόδι του πίσω
pero inmediatamente retiró la pierna
γιατί όταν άγγιξε το άθλημα, ένιωσε ένα ρίγος
porque cuando tocó el deporte sintió un escalofrío
Γλίστρησε ξανά στην προηγούμενη θέση του
Volvió a su posición anterior.
«Το να ξυπνάς τόσο νωρίς», σκέφτηκε, «κάνει πολύ
ηλίθιο».
«Despertarse tan temprano», pensó, «te vuelve bastante
estúpido».
«Ο άνθρωπος πρέπει να κοιμάται»
"El hombre debe dormir"
«Άλλοι ταξιδιώτες ζουν σαν γυναίκες χαρέμι»

»Otras viajeras viven como mujeres de harén«
«Το πρωί μεταφέρω τις παραγγελίες που έλαβα»
»Por la mañana transfiero los pedidos que he recibido«
«αυτή την ώρα αυτοί οι κύριοι απλώς παίρνουν πρωινό»
»En este momento estos señores están desayunando«
«Θα έπρεπε να το δοκιμάσω με το αφεντικό μου»
«Debería intentarlo con mi jefe».
«Θα με πετούσαν έξω αμέσως»
«Me echarían inmediatamente»
«αλλά ποιος ξέρει αν αυτό δεν θα ήταν πολύ καλό για μένα».
»Pero quién sabe si eso no sería muy bueno para mí.«
Αν δεν με κρατούσαν πίσω λόγω των γονιών μου, θα τα είχα παρατήσει εδώ και πολύ καιρό
Si mis padres no me hubieran frenado, habría dejado el estudio hace mucho tiempo.
Θα είχα σταθεί στο αφεντικό και θα του έλεγα τη γνώμη μου μέσα από την καρδιά μου
Me habría enfrentado al jefe y le habría dicho mi opinión desde el fondo de mi corazón.
«Έπρεπε να είχε πέσει από το γραφείο!»
«¡Debería haberse caído del escritorio!»
«Είναι επίσης ένας περίεργος τρόπος να κάθεσai στο γραφείο»
»También es una forma extraña de sentarse en el escritorio«
«και είναι επίσης ένας περίεργος τρόπος να μιλάς στον υπάλληλο»
»Y también es una forma extraña de hablarle con condescendencia al empleado«
«Λόγω της απώλειας ακοής του αφεντικού, πρέπει να πλησιάσεις πολύ»
»Debido a la pérdida auditiva del jefe, tienes que acercarte mucho«
«Λοιπόν, η ελπίδα δεν έχει χαθεί εντελώς»
»Bueno, la esperanza aún no está completamente perdida«
«Μόλις έχω τα χρήματα να ξεπληρώσω το χρέος των γονιών μου προς αυτόν, σίγουρα θα το κάνω»

»Una vez que tenga el dinero para pagar la deuda que tienen mis padres con él, definitivamente lo haré«

«Πιθανῶς θα χρειαστούν άλλα πέντε με έξι χρόνια»
Probablemente tomará otros cinco o seis años.

«Τότε θα γίνει ο μεγάλος χωρισμός»
»Entonces se hará la gran separación«

«Προς το παρόν, όμως, πρέπει να σηκωθῶ»
»Pero por el momento debo levantarme«

«γιατί το τρένο μου φεύγει στις πέντε»
»Porque mi tren sale a las cinco«

Και κοίταξε το ξυπνητήρι που χτυπούσε στο κουτί
Y miró el despertador que hacía tictac en la caja.

«Ουράνιο Πατέρα!» σκέφτηκε
«¡Padre Celestial!», pensó.

Ήταν έξι και μισή και τα χέρια κινήθηκαν αθόρυβα μπροστά
Eran las seis y media y las manecillas avanzaban silenciosamente.

ακόμη και έξι και μισή είχαν ήδη έρθει και παρέλθει
Incluso las seis y media ya habían llegado y se habían ido

πλησίαζε ήδη ένα τέταρτο στις επτά
Ya se acercaba las siete menos cuarto

Μήπως δεν χτυπούσε το ξυπνητήρι;
¿Tal vez la alarma no sonó?

Έβλεπες από το κρεβάτι ότι το ξυπνητήρι είχε ρυθμιστεί σωστά για τις τέσσερις
Desde la cama se podía ver que el despertador estaba programado exactamente para las cuatro.

σίγουρα το ξυπνητήρι είχε χτυπήσει
Seguramente había sonado el despertador

Ναι, αλλά ήταν δυνατό να κοιμηθείς μέσα από αυτό το κουδούνισμα που κουνούσε τα έπιπλα;
Sí, pero ¿era posible dormir con ese sonido que hacía temblar los muebles?

Λοιπόν, δεν είχε κοιμηθεί ήσυχος, αλλά μάλλον όλο και πιο βαθιά
Bueno, no había dormido tranquilo, pero probablemente lo

más profundo
Τι να κάνει όμως τώρα;
¿Pero qué debería hacer ahora?
Το επόμενο τρένο δεν έφευγε παρά στις επτά
El siguiente tren no salía hasta las siete.
για να προλάβει το τρένο, θα έπρεπε να βιαστεί χωρίς
νόημα
Para alcanzar el tren, habría tenido que apresurarse sin
sentido.
και η συλλογή δειγμάτων υφασμάτινων ειδών δεν ήταν
ακόμη συσκευασμένη
y la colección de muestras de tela aún no estaba empaquetada
και ο ίδιος δεν ένιωθε ιδιαίτερα φρέσκος και ευκίνητος
y él mismo no se sentía particularmente fresco y ágil
Και ακόμα κι αν πρόλαβε το τρένο, μια επίπληξη από το
αφεντικό ήταν αναπόφευκτη
Y aunque alcanzara el tren, un regaño del jefe era inevitable.
γιατί ο υπάλληλος περίμενε το τρένο των πέντε και είχε
δηλώσει από καιρό την απουσία του
porque el empleado estaba esperando el tren de las cinco y
hacía tiempo que había informado de su ausencia
Ήταν ένα πλάσμα του αφεντικού, χωρίς ραχοκοκαλιά
και λογική
Era una criatura del jefe, sin columna vertebral ni sentido.
Κι αν καλούσε άρρωστο;
¿Qué pasa si llama diciendo que está enfermo?
Αλλά αυτό θα ήταν εξαιρετικά ενοχλητικό και ύποπτο
Pero eso sería extremadamente embarazoso y sospechoso.
γιατί ο Γκρέγκορ δεν είχε αρρωστήσει ούτε μια φορά
στα πέντε χρόνια της υπηρεσίας του
Porque Gregor no había estado enfermo ni una sola vez
durante sus cinco años de servicio.
Σίγουρα το αφεντικό θα ερχόταν με τον γιατρό
ασφάλισης υγείας
Seguramente el jefe vendría con el médico del seguro médico.
θα κατηγορούσε τους γονείς για τον τεμπέλη γιο τους
Él culparía a los padres por su hijo perezoso.

και θα έκοβε κάθε αντίρρηση παραπέμποντας στον ιατρό ασφάλισης υγείας

y cortaría todas las objeciones remitiéndose al médico del seguro médico.

γι 'αυτόν υπάρχουν μόνο εντελώς υγιείς, αλλά ντροπαλοί για δουλειά

Para él sólo hay personas completamente sanas, pero que no se preocupan por el trabajo.

Και, για να είμαστε δίκαιοι, θα είχε τελείως λάθος σε αυτή την περίπτωση;

Y, para ser justos, ¿estaría completamente equivocado en este caso?

Ο Γκρέγκορ πραγματικά ένιωθε πολύ καλά

Gregor en realidad se sintió bastante bien.

εκτός από μια πραγματικά περιττή υπνηλία μετά από τον πολύωρο ύπνο

Aparte de una somnolencia realmente innecesaria después del largo sueño.

και μάλιστα είχε ιδιαίτερα έντονη πείνα

Y hasta tenía un hambre particularmente fuerte.

Καθώς τα σκεφτόταν όλα αυτά με μεγάλη βιασύνη, το ξυπνητήρι χτύπησε ένα τέταρτο στις επτά

Mientras pensaba en todo esto con gran prisa, el despertador dio las siete menos cuarto.

και ακούστηκε ένα απαλό χτύπημα στην πόρτα στο κεφάλι του κρεβατιού του

Y hubo un suave golpe en la puerta en la cabecera de su cama.

«Γκρέγκορ», φώναξε κάποιος –ήταν η μητέρα– «είναι επτά παρά τέταρτο».

—Gregor —gritó alguien, era la madre—, son las siete menos cuarto.

«Δεν ήθελες να φύγεις;» ρώτησε η απαλή φωνή

-¿No querías irte? -preguntó la suave voz.

Ο Γκρέγκορ τρόμαξε όταν άκουσε την απαντητική φωνή του

Gregor se asustó cuando oyó su voz de respuesta.

η φωνή ήταν αναμφισβήτητα η προηγούμενη του

La voz era inequívocamente la suya anterior.

αλλά στη φωνή, σαν από κάτω, είχε ανακατευτεί ένα οδυνηρό τρίξιμο

Pero en la voz, como si viniera desde abajo, se había mezclado un doloroso chillido.

Μόνο στην αρχή η φωνή φαινόταν να σχηματίζει λέξεις με κάποια σαφήνεια

Sólo al principio la voz parecía formar palabras con cierta claridad.

αλλά στη νοερή ηχώ η φωνή έσπασε με τέτοιο τρόπο που δεν ήξερε αν είχε ακούσει σωστά

Pero en el eco mental la voz se quebró de tal manera que uno no sabía si había escuchado correctamente.

Ο Γκρέγκορ ήθελε να απαντήσει λεπτομερώς και να τα εξηγήσει όλα

Gregor quería responder con detalle y explicar todo.

αλλά υπό αυτές τις συνθήκες περιορίστηκε να πει:

Pero en estas circunstancias se limitó a decir:

"Ναι, ναι, σε ευχαριστώ, μητέρα, είμαι ήδη επάνω"

-Sí, sí, gracias, mamá, ya me levanté.

Λόγω της ξύλινης πόρτας, η αλλαγή στη φωνή του Γκρέγκορ μάλλον δεν ήταν αισθητή έξω

Debido a la puerta de madera, el cambio en la voz de Gregor probablemente no se notó desde afuera.

γιατί η μητέρα ηρέμησε με αυτή την εξήγηση και ξεγυμνώθηκε

porque la madre se calmó con esta explicación y sorbió.

Όμως η μικρή κουβέντα είχε τραβήξει την προσοχή των άλλων μελών της οικογένειας

Pero la pequeña conversación había llamado la atención de los demás miembros de la familia.

Ο Γκρέγκορ ήταν ακόμα στο σπίτι και δεν πήγε στη δουλειά

Gregor todavía estaba en casa y no fue a trabajar.

και ο πατέρας χτύπησε την πλαϊνή πόρτα, αδύναμα, αλλά με τη γροθιά του

y el padre golpeó la puerta lateral, débilmente, pero con el puño.

Γκρέγκορ, Γκρέγκορ, φώναξε, "τι είναι;"

Gregor, Gregor, gritó, "¿qué pasa?"

Και μετά από λίγο προειδοποίησε ξανά με πιο βαθιά φωνή: «Γκρέγκορ!

Y al cabo de un rato volvió a advertir con voz más grave: «¡Gregor! ¡Gregor!».

Αλλά στην άλλη πόρτα η αδερφή ρώτησε ήσυχα:

Pero en la otra puerta lateral la hermana preguntó en voz baja:

Γκρέγκορ; Δεν είσαι καλά; Χρειάζεστε κάτι;

Gregor, ¿no te encuentras bien? ¿Necesitas algo?

Ο Γκρέγκορ απάντησε και στις δύο πλευρές: «Είμαι ήδη τελειωμένος»

Gregor respondió a ambas partes: «Ya he terminado».

και προσπάθησε να αφαιρέσει ό,τι φαινόταν με την πιο προσεκτική προφορά

y se esforzó por eliminar todo lo que llamaba la atención con la pronunciación más cuidadosa

Ο πατέρας επίσης επέστρεψε στο πρωινό του

El padre también volvió a su desayuno.

Αλλά η αδερφή ψιθύρισε: «Γκρέγκορ, άνοιξε, σε ικετεύω»

Pero la hermana susurró: "Gregor, ábreme, te lo ruego".

Όμως ο Γκρέγκορ δεν είχε σκοπό να ανοίξει

Pero Gregor no tenía intención de abrir.

αντίθετα επαίνεσε τον εαυτό του για την προσοχή που είχε αποκτήσει ταξιδεύοντας

En cambio, se elogió a sí mismo por la cautela que había adquirido mientras viajaba.

έχει μάθει να κλειδώνει όλες τις πόρτες και στο σπίτι, κατά τη διάρκεια της νύχτας

También ha aprendido a cerrar con llave todas las puertas de casa durante la noche.

Πρώτα ήθελε να σηκωθεί και να ντυθεί ήσυχα και ανενόχλητα

Primero quería levantarse y vestirse tranquilamente y sin ser molestado.

και μετά ήθελε να πάρει πρωινό
y luego quiso desayunar
και μόνο τότε θέλησε να εξετάσει περαιτέρω την
κατάσταση
Y sólo entonces quiso considerar la situación más a fondo.
γιατί ήξερε ότι στο κρεβάτι δεν θα κατέληγε σε κανένα
λογικό συμπέρασμα σκεπτόμενος το
Porque sabía que en la cama no llegaría a ninguna conclusión
sensata pensando en ello.
είχε νιώσει συχνά ελαφρύ πόνο που προκλήθηκε από
ίσως άβολα ψέματα
A menudo había sentido un ligero dolor causado quizás por
estar acostado de forma incómoda.
Πόνος που αποδείχτηκε καθαρή φαντασία όταν
σηκώνεσαι
Dolor que resultó ser pura imaginación al levantarse.
και ήταν περίεργος να δει πώς θα διαλύονταν σταδιακά
οι τρέχουσες ιδέες του
y tenía curiosidad por ver cómo sus ideas actuales se
disolverían gradualmente
Ίσως η αλλαγή της φωνής να μην ήταν παρά ο
προάγγελος ενός σοβαρού κρυολογήματος
Quizás el cambio de voz no era más que el presagio de un
resfriado severo.
Δεν είχε καμία αμφιβολία γι' αυτό
No tenía ninguna duda al respecto.
ήταν απλώς μια επαγγελματική ασθένεια των
ταξιδιωτών
Era simplemente una enfermedad profesional de los viajeros.
Το να πετάξεις την κουβέρτα ήταν εύκολο
Quitarse la manta fue fácil
έπρεπε απλώς να φουσκώσει λίγο και η κουβέρτα έπεσε
μόνη της
Sólo tuvo que inflarse un poco y la manta cayó sola.
Αλλά συνέχισε να είναι δύσκολο, ειδικά επειδή ήταν
τόσο απίστευτα φαρδύ
Pero seguía siendo difícil, sobre todo porque era

increíblemente ancho.

Θα χρειαζόταν χέρια και χέρια για να σηκωθεί

Habría necesitado brazos y manos para ponerse de pie.

αλλά αντί για χέρια και χέρια είχε μόνο πολλά μικρά ποδαράκια

Pero en lugar de brazos y manos sólo tenía muchas piernas pequeñas.

Πόδια που ήταν συνεχώς σε διάφορες κινήσεις

Piernas que estaban constantemente en diversos movimientos.

Πόδια που δεν μπορούσε να ελέγξει

Piernas que no podía controlar

Αν ήθελε να λυγίσει το ένα του πόδι, ήταν το πρώτο που τεντώθηκε

Si quería doblar una de sus piernas, era la primera que se estiraba.

Όταν τελικά κατάφερε να κάνει αυτό που ήθελε με αυτό το πόδι, τα άλλα πόδια άρχισαν να συσπώνται

Cuando finalmente logró hacer lo que quería con esta pierna, las otras piernas comenzaron a temblar.

Εν τω μεταξύ, όλα τα άλλα πόδια κινήθηκαν σαν να είχαν απελευθερωθεί, σε ακραίο, οδυνηρό ενθουσιασμό.

Mientras tanto, todas las demás piernas se movían como si las hubieran liberado, en una excitación extrema y dolorosa.

«Μην μένεις στο κρεβάτι χωρίς λόγο», είπε ο Γκρέγκορ στον εαυτό του.

«No te quedes en la cama sin ningún motivo», se dijo Gregor.

Πρώτα ήθελε να σηκωθεί από το κρεβάτι με το κάτω μέρος του σώματός του

Primero quiso levantarse de la cama con la parte inferior del cuerpo.

αλλά αυτό το κάτω μέρος, που δεν είχε δει ακόμη, αποδείχτηκε πολύ δύσκολο να το μετακινήσει

Pero esta parte inferior, que aún no había visto, resultó demasiado difícil de mover.

Τέλος, σχεδόν άγριος, με όλη του τη δύναμη, σπρώχτηκε μπροστά χωρίς δισταγμό

Finalmente, casi salvaje, con todas sus fuerzas, se impulsó

hacia adelante sin dudarlo.

αλλά είχε επιλέξει τη λάθος κατεύθυνση για να σπρώξει μπροστά

Pero había elegido la dirección equivocada para seguir adelante.

και χτύπησε βίαια τον κάτω στύλο του κρεβατιού

y golpeó violentamente el poste inferior de la cama

ο καυστικός πόνος που ένιωθε του έδωσε ένα μάθημα

El dolor ardiente que sintió le enseñó una lección.

Το κάτω μέρος του σώματός του ήταν ίσως το πιο ευαίσθητο

La parte inferior de su cuerpo era quizás la más sensible.

Προσπάθησε λοιπόν να σηκώσει πρώτα το πάνω μέρος του σώματός του από το κρεβάτι

Por lo tanto, intentó sacar primero la parte superior del cuerpo de la cama.

και γύρισε προσεκτικά το κεφάλι του προς την άκρη του κρεβατιού

y giró con cuidado la cabeza hacia el borde de la cama.

Αυτή η προσεκτική κίνηση ήταν επίσης εύκολη για αυτόν

Este movimiento cauteloso también le resultó fácil.

και παρά το πλάτος και το βάρος της, η μάζα του σώματος ακολουθούσε αργά τη στροφή του κεφαλιού

Y a pesar de su anchura y peso, la masa corporal siguió lentamente el giro de la cabeza.

Αλλά όταν τελικά κράτησε το κεφάλι του από το κρεβάτι στο ύπαιθρο, φοβήθηκε

Pero cuando finalmente sacó la cabeza de la cama al aire libre, sintió miedo.

η περαιτέρω πρόοδος με αυτόν τον τρόπο θα μπορούσε να είναι επικίνδυνη

Avanzar más de esta manera podría ser peligroso.

γιατί αν άφηνε τον εαυτό του να πέσει έτσι, θα έπρεπε να γίνει ένα θαύμα αν δεν επρόκειτο να τραυματιστεί το κεφάλι του

Porque si se dejaba caer así, tendría que ocurrir un milagro para que no se lastimara la cabeza.

Και δεν μπορούσε να χάσει την ψυχραιμία του με κανένα κόστος, ειδικά τώρα

Y no podía perder la compostura a ningún precio, especialmente ahora.

Αποφάσισε ότι προτιμούσε να μείνει στο κρεβάτι

Decidió que prefería quedarse en la cama.

Ύστερα όμως, μετά από την ίδια προσπάθεια, ξάπλωσε πάλι εκεί, αναστενάζοντας, όπως πριν

Pero luego, después del mismo esfuerzo, volvió a quedarse allí, suspirando, como antes.

και πάλι τα ποδαράκια του μάλλον θα πάλευαν ακόμη περισσότερο μεταξύ τους

y de nuevo sus pequeñas piernas probablemente pelearían entre sí aún más

δεν έβλεπε τρόπο να βγάλει την ειρήνη και την τάξη από αυτό το χάος

No vio ninguna manera de traer paz y orden a partir de este caos.

είπε στον εαυτό του ξανά ότι δεν μπορούσε να μείνει στο κρεβάτι

Se dijo a sí mismo otra vez que no podía quedarse en la cama.

και σκέφτηκε ότι το πιο λογικό πράγμα που είχε να κάνει ήταν να θυσιάσει τα πάντα

y pensó que lo más sensato era sacrificarlo todo

θα άξιζε τον κόπο αν υπήρχε έστω και η παραμικρή ελπίδα να σηκωθεί από το κρεβάτι

Valdría la pena si hubiera la más mínima esperanza de salir de la cama.

Ταυτόχρονα όμως δεν ξέχασε να θυμηθεί κάτι

Al mismo tiempo, sin embargo, no se olvidó de recordar algo.

Πολύ καλύτερα από τις απελπισμένες αποφάσεις είναι οι ήρεμοι αντανακλάσεις

Mucho mejores que las decisiones desesperadas son las reflexiones tranquilas

Τέτοιες στιγμές εστίαζε τα μάτια του όσο πιο έντονα γινόταν στο παράθυρο

En esos momentos, fijaba la mirada lo más nítidamente posible en la ventana.

αλλά δυστυχώς το θέαμα της πρωινής ομίχλης έφερε λίγη αυτοπεποίθηση και ευθυμία

Pero, por desgracia, la visión de la niebla matinal trajo poca confianza y alegría.

η πρωινή ομίχλη κάλυψε ακόμη και την άλλη πλευρά του στενού δρόμου

La niebla de la mañana incluso cubría el otro lado de la estrecha calle.

Είναι ήδη επτά η ώρα, είπε μέσα του καθώς το ξυπνητήρι χτυπούσε ξανά

Ya son las siete, se dijo mientras sonaba de nuevo el despertador.

«Είναι ήδη επτά η ώρα και υπάρχει ακόμα τέτοια ομίχλη»

»Ya son las siete y todavía hay niebla«

Και για λίγο ξάπλωσε ήσυχα με αδύναμη αναπνοή

Y por un rato permaneció en silencio con la respiración débil.

σαν να περίμενε ίσως την επιστροφή πραγματικών και αυτονόητων συνθηκών από την πλήρη σιωπή

Como si tal vez esperara el regreso de condiciones reales y evidentes a partir del completo silencio.

Αλλά μετά είπε στον εαυτό του: «Πριν το ρολόι χτυπήσει το έβδομο τέταρτο, πρέπει οπωσδήποτε να είμαι εντελώς από το κρεβάτι».

Pero luego se dijo: "Antes de que el reloj marque las siete menos cuarto, tengo que levantarme completamente de la cama".

«Μέχρι τότε, κάποιος από το γραφείο θα έρθει να με ζητήσει».

»Para entonces vendrá alguien de la oficina a preguntar por mí.«

«γιατί το γραφείο ανοίγει πριν από τις επτά»

»Porque la oficina abre antes de las siete«

Και τώρα άρχισε να κουνάει το σώμα του από το κρεβάτι σε όλο του το μήκος, εντελώς ομοιόμορφα

Y ahora comenzó a balancear su cuerpo fuera de la cama en toda su longitud, de manera completamente uniforme.

Αν έπεφτε από το κρεβάτι με αυτόν τον τρόπο, το κεφάλι του μάλλον θα έμενε αλώβητο

Si se cayera de la cama de esta manera, su cabeza probablemente permanecería ilesa.

γιατί ήθελε να σηκώσει απότομα το κεφάλι του όταν έπεσε

porque quería levantar bruscamente la cabeza cuando se cayó

Το πίσω μέρος φαινόταν σκληρό

La espalda parecía dura

τίποτα δεν θα συνέβαινε στην πλάτη αν έπεφτε στο χαλί

No le pasaría nada a la espalda si cayera sobre la alfombra.

Η μεγαλύτερη ανησυχία του ήταν ο δυνατός θόρυβος

Su mayor preocupación era el ruido fuerte.

η σύγκρουση που θα συνέβαινε πιθανότατα θα τρόμαζε όλους πίσω από τις πόρτες

El choque que ocurriría probablemente asustaría a todos detrás de las puertas.

και αν όχι τρόμος, θα προκαλούσε ακόμα ανησυχία

Y si no fuera terror, aún así causaría preocupación.

Αλλά ο κίνδυνος να τραβήξουμε την προσοχή έπρεπε να αναληφθεί

Pero había que correr el riesgo de llamar la atención.

η νέα μέθοδος ήταν περισσότερο παιχνίδι παρά προσπάθεια

El nuevo método era más un juego que un esfuerzo.

έπρεπε μόνο να λικνιστεί σπασμωδικά

Sólo tenía que balancearse bruscamente

Όταν ο Γκρέγκορ είχε ήδη σηκωθεί στα μισά από το κρεβάτι, κάτι του συνέβη

Cuando Gregor ya estaba a medio levantarse de la cama, se le ocurrió algo.

πόσο εύκολα θα ήταν όλα αν κάποιος ερχόταν να τον βοηθήσει

Qué fácil sería todo si alguien viniera en su ayuda

Δύο δυνατοί άνθρωποι – σκέφτηκε τον πατέρα του και

την υπηρέτρια – θα ήταν απολύτως επαρκείς
Dos personas fuertes –pensó en su padre y en la criada–
habrían sido completamente suficientes.
θα έπρεπε μόνο να γλιστρήσουν τα χέρια τους κάτω
από την τοξωτή πλάτη του και να τον ξεφλουδίσουν
από το κρεβάτι
Sólo habrían tenido que deslizar sus brazos bajo su espalda
arqueada y sacarlo de la cama.
θα έπρεπε μόνο να σκύψουν με το βάρος
Sólo habrían tenido que agacharse con la carga
ελπίζω τότε τα πόδια να έχουν έναν σκοπό
Ojalá entonces las piernas tuvieran un propósito.
Λοιπόν, εκτός από το γεγονός ότι οι πόρτες ήταν
κλειδωμένες, θα έπρεπε όντως να ζητήσει βοήθεια;
Bueno, aparte del hecho de que las puertas estaban cerradas,
¿realmente debería haber pedido ayuda?
Παρ' όλες τις κακουχίες του, δεν μπορούσε να
συγκρατήσει ένα χαμόγελο σε αυτή τη σκέψη
A pesar de todas sus dificultades, no pudo evitar una sonrisa
ante este pensamiento.
Ήταν ήδη στο σημείο που μετά βίας κρατούσε την
ισορροπία του όταν η αιώρηση ήταν πολύ δυνατή
Ya estaba en el punto en el que apenas podía mantener el
equilibrio cuando el golpe era demasiado fuerte.
και πολύ σύντομα έπρεπε να πάρει μια οριστική
απόφαση
y muy pronto tuvo que tomar una decisión final
γιατί σε πέντε λεπτά θα ήταν επτά και τέταρτο
Porque en cinco minutos serían las siete y cuarto.
και μετά χτύπησε το κουδούνι
Y entonces sonó el timbre
Αυτός είναι κάποιος από το γραφείο, είπε στον εαυτό
του και κόντεψε να παγώσει
Es alguien de la oficina, se dijo y casi se quedó congelado.
τώρα τα πόδια του χόρευαν ακόμα πιο βιαστικά
Ahora sus piernas bailaban aún más apresuradamente.
για μια στιγμή όλα παρέμειναν ήσυχα

Por un momento todo quedó en silencio

Δεν θα ανοίξουν, είπε ο Γκρέγκορ στον εαυτό του, παγιδευμένος σε κάποια παράλογη ελπίδα

No abrirán, se dijo Gregor, atrapado en una esperanza sin sentido.

Αλλά μετά, φυσικά, όπως πάντα, η υπηρέτρια προχώρησε σταθερά προς την πόρτα

Pero luego, por supuesto, como siempre, la criada caminó con firmeza hacia la puerta.

Ο Γκρέγκορ χρειαζόταν μόνο να ακούσει τον πρώτο χαιρετισμό του επισκέπτη και ήξερε ήδη ποιος ήταν

A Gregor sólo le bastó oír el primer saludo del visitante para saber quién era.

ο ίδιος ο αρχιγραμματέας ήρθε να δει πού βρισκόταν ο Σάμσα

El propio secretario jefe vino a ver dónde estaba Samsa.

Γιατί ο Γκρέγκορ ήταν ο μόνος που καταδικάστηκε να υπηρετήσει σε μια τέτοια εταιρεία;

¿Por qué Gregorio fue el único condenado a servir en semejante compañía?

μια εταιρεία όπου η παραμικρή παράβλεψη κινούσε αμέσως υποψίες

Una empresa donde el más mínimo descuido inmediatamente despertaba sospechas.

Όλοι οι εργαζόμενοι ήταν απατεώνες;

¿Eran todos los empleados unos sinvergüenzas?

Δεν υπήρχε ανάμεσά τους πιστός και αφοσιωμένος άνθρωπος;

¿No había entre ellos ninguna persona fiel y devota?

Δεν ήταν πραγματικά αρκετό να ζητήσει κάποιος μαθητευόμενος;

¿No era realmente suficiente que un aprendiz preguntara?

ήταν καθόλου απαραίτητη αυτή η ερώτηση;

¿Era realmente necesario este cuestionamiento?

Έπρεπε να έρθει ο ίδιος ο εξουσιοδοτημένος αντιπρόσωπος;

¿El representante autorizado tenía que venir personalmente?

και έπρεπε να το δείξει όλη η αθώα οικογένεια;
¿Y era necesario mostrarle esto a toda la inocente familia?
Ο Γκρέγκορ συγκινήθηκε από αυτές τις σκέψεις να κάνει κάτι
Gregor se sintió impulsado por estas consideraciones a hacer algo.
ως αποτέλεσμα μιας απόφασης, σηκώθηκε από το κρεβάτι με όλη του τη δύναμη
Como resultado de una decisión, se levantó de la cama con todas sus fuerzas.
Ακούστηκε ένα δυνατό μπαμ, αλλά δεν ήταν πραγματικά θόρυβος
Se escuchó un fuerte estruendo, pero en realidad no era un ruido.
Η πτώση απαλύνθηκε ελαφρώς από το χαλί
La caída fue ligeramente suavizada por la alfombra.
επίσης η πλάτη ήταν πιο ελαστική από όσο νόμιζε ο Γκρέγκορ
Además, la espalda era más elástica de lo que Gregor había pensado.
εξ ου και ο όχι και τόσο αισθητός θαμπός ήχος
De ahí el sonido sordo no tan perceptible
Μόνο που δεν είχε κρατήσει αρκετά προσεκτικά το κεφάλι του και το χτύπησε
Sólo que no había sujetado la cabeza con suficiente cuidado y la había golpeado.
γύρισε το κεφάλι του και το έτριψε στο χαλί με θυμό και πόνο
Giró la cabeza y la frotó contra la alfombra con ira y dolor.
«Κάτι έπεσε εκεί μέσα», είπε ο διευθυντής στο διπλανό δωμάτιο στα αριστερά.
«Algo cayó allí», dijo el gerente en la habitación contigua a la izquierda.
Ο Γκρέγκορ προσπάθησε να φανταστεί αν κάτι παρόμοιο θα μπορούσε να συμβεί στον αρχι υπάλληλο όπως του είχε συμβεί σήμερα.
Gregor intentó imaginarse si al jefe de oficina le podría pasar

algo parecido a lo que le había sucedido a él hoy.

έπρεπε να γίνει δεκτό το ενδεχόμενο αυτό

Había que admitir la posibilidad de esto.

Αλλά σαν να ήθελε να δώσει μια χονδροειδή απάντηση σε αυτή την ερώτηση, ο αρχι υπάλληλος στο διπλανό δωμάτιο έκανε μερικά συγκεκριμένα βήματα

Pero como para dar una respuesta cruda a esta pregunta, el jefe de oficina en la habitación contigua dio algunos pasos específicos.

και καθώς πλησίασε την πόρτα άφησε τις λουστρίνι του μπότες να τρίζουν

y mientras se acercaba a la puerta dejó crujir sus botas de charol

Από το διπλανό δωμάτιο στα δεξιά, η νοσοκόμα ψιθύρισε στον Γκρέγκορ:

Desde la habitación contigua a la derecha, la enfermera le susurró a Gregor:

«Gregor, ο εξουσιοδοτημένος αντιπρόσωπος είναι εδώ»

»Gregor, el representante autorizado está aquí«

Ξέρω, είπε ο Γκρέγκορ στον εαυτό του

Lo sé, se dijo Gregor.

αλλά δεν τόλμησε να υψώσει τη φωνή του αρκετά δυνατά για να ακούσει η αδερφή του

Pero no se atrevió a levantar la voz lo suficientemente fuerte para que su hermana lo oyera.

«Γκρέγκορ», είπε ο πατέρας από το διπλανό δωμάτιο στα αριστερά

-Gregor -dijo el padre desde la habitación contigua a la izquierda.

"Ο διευθυντής ήρθε και ρώτησε γιατί δεν έφυγες με το τρένο νωρίς"

»El gerente vino y le preguntó por qué no había salido en el tren temprano.«

Δεν ξέρουμε τι να του πούμε

No sabemos qué decirle.

«Παρεμπιπτόντως, θέλει να σου μιλήσει και προσωπικά»

»Por cierto, también quiere hablar contigo personalmente«

«Άνοιξε λοιπόν την πόρτα»

»Entonces por favor abre la puerta«

«Θα έχει την καλοσύνη να δικαιολογήσει το χάος στο δωμάτιο»

«Tendrá la amabilidad de disculpar el desorden en la habitación».

«Καλημέρα, κύριε Σάμσα», φώναξε ο διευθυντής με φιλικό τρόπο.

-Buenos días, señor Samsa-gritó amablemente el gerente.

Δεν είναι καλά, είπε η μητέρα στον διευθυντή, ενώ ο πατέρας μιλούσε ακόμα στην πόρτα

No se encuentra bien, le dijo la madre al gerente, mientras el padre seguía hablando en la puerta.

«Δεν είναι καλά, πιστέψτε με, κύριε διευθυντή»

-No se encuentra bien, créame, señor gerente.

«Πώς αλλιώς θα έχανε ο Γκρέγκορ ένα τρένο;»

«¿De qué otra manera Gregor perdería un tren?»

«Το αγόρι δεν έχει τίποτα στο μυαλό του παρά μόνο δουλειά»

»El chico no tiene nada en la cabeza excepto negocios«

«Είμαι σχεδόν εκνευρισμένος που δεν βγαίνει ποτέ τα βράδια»

»Casi me molesta que nunca salga por las noches«

«Ήταν στην πόλη για οκτώ μέρες, αλλά ήταν στο σπίτι κάθε βράδυ»

»Estuvo en la ciudad ocho días, pero todas las noches estaba en casa«

«Κάθεται στο τραπέζι μας και διαβάζει εφημερίδα ή μελετά τα ωράρια»

»Se sienta en nuestra mesa y lee el periódico o estudia los horarios«

«Του αποσπά την προσοχή όταν είναι απασχολημένος με το ταψί»

»Es una gran distracción para él cuando está ocupado con el trabajo de la sierra de marquetería«

«Για παράδειγμα, σκάλισε μια μικρή κορνίζα σε δύο ή

τρία βράδια»
»Por ejemplo, talló un pequeño marco para cuadros en el
transcurso de dos o tres tardes«
«Θα εκπλαγείτε με το πόσο όμορφο είναι το πλαίσιο»
«Te sorprenderá lo bonito que es el marco».
«Το πλαίσιο κρέμεται στο δωμάτιο»
»El marco está colgado en la habitación«
«Θα δείτε την κορνίζα μόλις ο Γκρέγκορ ανοίξει την
πόρτα»
»Verás el marco de la foto tan pronto como Gregor abra la
puerta«
«Παρεμπιπτόντως, είμαι χαρούμενος που είστε εδώ,
κύριε Prokurist»
»Por cierto, me alegro de que esté aquí, señor Prokurist«
«Μόνοι μας δεν θα είχαμε κάνει τον Γκρέγκορ να ανοίξει
την πόρτα»
«Nosotros solos no hubiéramos conseguido que Gregor
abriera la puerta»
"είναι τόσο πεισματάρης"
"Él es tan terco"
και σίγουρα δεν είναι καλά, αν και το αρνήθηκε το πρωί
y ciertamente no se encuentra bien, aunque lo negó por la
mañana
Θα είμαι εκεί, είπε ο Γκρέγκορ αργά και επίτηδες
Estaré allí enseguida, dijo Gregor lenta y deliberadamente.
αλλά δεν κουνήθηκε, για να μη χάσει λέξη από την
κουβέντα
Pero no se movió, para no perder ni una palabra de la
conversación.
Δεν μπορώ να το εξηγήσω αλλιώς, κυρία, είπε ο αρχι
υπάλληλος.
No puedo explicarlo de otra manera, señora, dijo el jefe de
oficina.
«ελπίζω να μην είναι τίποτα σοβαρό»
«Espero que no sea nada grave».
«Αν και από την άλλη πρέπει να πω ότι εμείς οι
επιχειρηματίες πολύ συχνά πρέπει να ξεπεράσουμε μια

μικρή δυσφορία για επαγγελματικούς λόγους».
»Aunque por otro lado debo decir que nosotros los
empresarios muy a menudo tenemos que superar una
pequeña incomodidad por motivos laborales.«
«Δηλαδή ο αρχιγραμματέας μπορεί να μπει τώρα;»
ρώτησε ο ανυπόμονος πατέρας και χτύπησε ξανά την
πόρτα
-Entonces, ¿puede entrar ya el jefe de oficina? -preguntó el
padre impaciente y volvió a llamar a la puerta.
«Όχι», είπε ο Γκρέγκορ
-No, -dijo Gregor.
Μια αμήχανη σιωπή έπεσε στο διπλανό δωμάτιο στα
αριστερά
Un silencio incómodo cayó en la habitación contigua a la
izquierda.
Στο διπλανό δωμάτιο στα δεξιά η αδερφή άρχισε να
κλαίει με λυγμούς
En la habitación de al lado, a la derecha, la hermana comenzó
a sollozar.
Γιατί δεν πήγε η αδερφή στους άλλους;
¿Por qué la hermana no fue con los demás?
Μάλλον μόλις είχε σηκωθεί από το κρεβάτι και δεν είχε
καν αρχίσει να ντύνεται
Probablemente acababa de levantarse de la cama y ni siquiera
había comenzado a vestirse.
Και γιατί έκλαιγε;
¿Y por qué lloraba?
Επειδή δεν σηκώθηκε και άφησε τον μάνατζερ να μπει;
¿Porque no se levantó y dejó entrar al gerente?
επειδή κινδύνευε να χάσει τη δουλειά του;
¿Porque estaba en peligro de perder su trabajo?
και επειδή μετά το αφεντικό θα ερχόταν πάλι πίσω από
τους γονείς με τις ίδιες παλιές απαιτήσεις;
¿Y porque entonces el jefe vendría otra vez a por los padres
con las mismas viejas exigencias?
Αυτές μάλλον ήταν περιττές ανησυχίες για την ώρα
Probablemente eran preocupaciones innecesarias por el

momento.

Ο Γκρέγκορ ήταν ακόμα εδώ και δεν είχε σκοπό να εγκαταλείψει την οικογένειά του

Gregor todavía estaba aquí y no tenía intención de dejar a su familia.

Εκείνη τη στιγμή μάλλον ήταν ξαπλωμένος εκεί στο χαλί

En ese momento probablemente estaba acostado allí sobre la alfombra.

κανείς που γνώριζε την κατάστασή του δεν θα του είχε ζητήσει σοβαρά να αφήσει τον διευθυντή να μπει

Nadie que conociera su condición le habría pedido seriamente que dejara entrar al gerente.

Αλλά λόγω αυτής της μικρής αγένειας, για την οποία θα μπορούσε εύκολα να βρεθεί μια κατάλληλη δικαιολογία αργότερα, ο Γκρέγκορ δεν μπορούσε να αποσταλεί αμέσως

Pero debido a esta pequeña grosería, para la que más tarde se podría encontrar fácilmente una excusa adecuada, Gregor no pudo ser despedido inmediatamente.

Και ο Γκρέγκορ σκέφτηκε ότι θα ήταν πολύ πιο λογικό να τον αφήσει μόνο του τώρα, παρά να τον ενοχλήσει με κλάματα και κουβέντες.

Y Gregorio pensó que sería mucho más sensato dejarlo solo ahora, en lugar de molestarlo con llantos y conversaciones.

Αλλά ήταν ακριβώς η αβεβαιότητα που καταπίεζε τους άλλους και δικαιολογούσε τη συμπεριφορά τους

Pero fue precisamente la incertidumbre la que oprimía a los demás y excusaba su comportamiento.

«Ο κ. Σάμσα», φώναξε ο διευθυντής με υψωμένη φωνή, «τι συμβαίνει;»

—Señor Samsa —gritó el gerente en voz alta—, ¿qué sucede?

«Μπλοκάρεις τον εαυτό σου στο δωμάτιό σου»

»Te atrincheras en tu habitación«

«απαντάς με ναι και όχι»

»Respondes sólo con sí y no«

«Προκαλείς τους γονείς σου σοβαρές, περιττές

ανησυχίες»

»Estás causando a tus padres preocupaciones serias e innecesarias«

«και παραμελείτε – απλώς για να το αναφέρω αυτό εν συντομία – τα επαγγελματικά σας καθήκοντα με έναν πραγματικά ανήκουστο τρόπο»

»y descuidas –por decirlo de paso– tus obligaciones laborales de una manera verdaderamente inaudita«

Μιλάω εδώ εκ μέρους των γονιών σου και του αφεντικού σου και σου ζητώ πολύ σοβαρά μια άμεση, ξεκάθαρη εξήγηση.

Hablo aquí en nombre de tus padres y de tu jefe y te pido muy seriamente una explicación inmediata y clara.

Είμαι έκπληκτος... Νόμιζα ότι σε ήξερα ως ήρεμο, λογικό άτομο.

Me sorprende... Creí que te conocía como una persona tranquila y razonable.

"και τώρα ξαφνικά φαίνεται να θέλεις να αρχίσεις να παρελαύνεις με περίεργες διαθέσεις"

»Y ahora de repente parece que quieres empezar a desfilar con estados de ánimo extraños«

«Το αφεντικό μου πρότεινε σήμερα το πρωί μια πιθανή εξήγηση για την αποτυχία σου».

"El jefe me sugirió esta mañana una posible explicación a su fracaso".

«Αφορούσε την είσπραξη οφειλών που σας είχε ανατεθεί πρόσφατα»

»Se trataba de la gestión de cobro de deudas que recientemente le habían sido encomendadas«

αλλά πραγματικά έδωσα την τιμή μου ότι αυτή η εξήγηση δεν θα μπορούσε να είναι σωστή

Pero realmente casi di mi palabra de honor de que esta explicación no podía ser correcta.

«Μα τώρα βλέπω το ακατανόητο πείσμα σου».

"Pero ahora veo tu incomprensible terquedad."

"και χάνω τελείως κάθε επιθυμία να κάνω οτιδήποτε για σένα"

»Y pierdo por completo todo deseo de hacer algo por ti«

«Και η θέση σου δεν είναι σε καμία περίπτωση η πιο σταθερή»

»Y tu posición no es en absoluto la más estable«

Αρχικά είχα σκοπό να σας τα πω όλα αυτά ιδιωτικά

Originalmente tenía la intención de contarte todo esto en privado.

Αλλά επειδή με κάνεις να χάνω τον χρόνο μου εδώ, δεν ξέρω γιατί να μην το ξέρουν και οι γονείς σου.

Pero ya que me estás haciendo perder el tiempo aquí, no sé por qué tus padres no deberían saberlo también.

«Η απόδοσή σας πρόσφατα ήταν πολύ μη ικανοποιητική»

»Su desempeño últimamente ha sido muy insatisfactorio«

«Δεν είναι η εποχή για πολλές δουλειές, το αναγνωρίζουμε»

«No es temporada para hacer muchos negocios, lo reconocemos»

«Αλλά δεν υπάρχει εποχή για να μην κλείσουμε καμία επιχειρηματική συμφωνία, κύριε Samsa»

»Pero no existe temporada para no cerrar negocios, señor Samsa«

«Δεν πρέπει να υπάρχει εποχή που δεν γίνεται καμία δουλειά»

»No debe haber una temporada en la que no se hagan negocios«

«Μα κύριε Προκούριστ», φώναξε ο Γκρέγκορ δίπλα του

-Pero señor Prokurist -gritó Gregor fuera de sí-.

και μέσα στον ενθουσιασμό ξέχασε όλα τα άλλα

Y en la emoción se olvidó de todo lo demás.

"Θα το ανοίξω αμέσως, αμέσως"

«Lo abriré ahora mismo, ahora mismo«

«Ένα ελαφρύ αίσθημα ανησυχίας, μια ζάλη, με εμπόδισε να σηκωθώ»

»Una ligera sensación de malestar, un mareo, me impidió levantarme«

«Είμαι ακόμα ξαπλωμένη στο κρεβάτι»

»Sigo acostado en la cama«

«Τώρα νιώθω και πάλι φρέσκος»

«Ahora me siento fresco de nuevo«

«Μόλις σηκώνομαι από το κρεβάτι»

"Me estoy levantando de la cama"

«Μια στιγμή υπομονή!»

»¡Un momento de paciencia!«

«Δεν πάει τόσο καλά όσο νόμιζα»

«No va tan bien como pensaba»

«Μα είμαι καλά»

«Pero estoy bien«

«Πώς μπορεί να συμβεί αυτό σε έναν τέτοιο άνθρωπο;»

«¿Cómo le puede pasar esto a una persona así?»

«Ήμουν καλά χθες το βράδυ, οι γονείς μου το ξέρουν αυτό»

«Anoche estuve bien, mis padres lo saben»

«ή ίσως είχα ένα μικρό προαίσθημα χθες το βράδυ»

»O tal vez tuve una pequeña premonición anoche«

«Θα έπρεπε να είχαν δει πώς ένιωθα»

«Deberían haber visto cómo me sentía«

«Γιατί δεν το δήλωσα στο γραφείο;»

»¿Por qué no lo informé en la oficina?«

Πάντα όμως σκέφτεσαι ότι θα νικήσεις την αρρώστια χωρίς να μείνεις σπίτι

Pero siempre piensas que vencerás la enfermedad sin quedarte en casa.

»Ο κ. Διευθυντής! Απαλλάξτε τους γονείς μου από αυτές τις κατηγορίες!».

«¡Señor gerente! ¡Libere a mis padres de estas acusaciones!»

«Δεν υπάρχει λόγος για όλες τις κατηγορίες που μου κάνετε τώρα»

»No hay razón para todas las acusaciones que estás haciendo contra mí ahora«

«Δεν μου είπαν λέξη για αυτό»

«No me han dicho ni una palabra sobre esto«

Μπορεί να μην έχετε διαβάσει τις τελευταίες παραγγελίες που έστειλα

Puede que no hayas leído los últimos pedidos que envié

«Παρεμπιπτόντως, ακόμα ταξιδεύω με το τρένο της οκτώ η ώρα»

»Por cierto, todavía estoy viajando en el tren de las ocho.»

«Οι λίγες ώρες ξεκούρασης με ενίσχυσαν»

«Las pocas horas de descanso me han fortalecido«

«Μην κάνετε πίσω, κύριε διευθυντή»

«No se contenga, señor gerente«

«Σύντομα θα είμαι ο ίδιος στο γραφείο»

"Estaré en la oficina pronto"

«Και σας παρακαλώ να είστε τόσο ευγενικοί ώστε να το πείτε και να με συστήσετε στο αφεντικό!»

»¡Y por favor, sea tan amable de decirlo y recomendarme al jefe!«

Και ενώ ο Γκρέγκορ τα είπε όλα αυτά βιαστικά και σχεδόν δεν ήξερε τι έλεγε, πλησίασε το κουτί

Y mientras Gregorio decía todo esto apresuradamente y sin saber apenas lo que decía, se acercó al palco.

και προσπάθησε να σταθεί όρθιος πάνω στο κουτί

y trató de ponerse de pie sobre la caja

Ήθελε πραγματικά να ανοίξει την πόρτα

En realidad quería abrir la puerta.

στην πραγματικότητα ήθελε να τον δει και να μιλήσει στον εξουσιοδοτημένο εκπρόσωπο

En realidad quería ser visto y hablar con el representante autorizado.

ανυπομονούσε να μάθει τι θα έλεγαν οι άλλοι, που τώρα τον λαχταρούσαν τόσο πολύ, όταν τον έβλεπαν

Estaba ansioso por saber qué dirían los demás, que ahora lo añoraban tanto, cuando lo vieran.

Αν φοβόντουσαν, ο Γκρέγκορ δεν θα είχε πλέον καμία ευθύνη και θα μπορούσε να είναι ήρεμος

Si tuvieran miedo, Gregor ya no tendría ninguna responsabilidad y podría estar tranquilo.

Αν όμως τα δέχονταν όλα με ψυχραιμία, τότε δεν θα είχε κανένα λόγο να στεναχωριέται

Pero si aceptaran todo con calma, entonces no tendría por qué enojarse.

τότε, αν βιαζόταν, θα μπορούσε πράγματι να είναι στο
σταθμό στις οκτώ η ώρα

Entonces, si se daba prisa, podría llegar a la estación a las ocho
en punto.

Πρώτα γλίστρησε πολλές φορές από το λείο κουτί

Primero se resbaló varias veces de la caja lisa.

αλλά τελικά έδωσε στον εαυτό του μια τελευταία
ώθηση και στάθηκε όρθιος

Pero finalmente se dio un último empujón y se puso de pie.

Δεν έδινε πλέον καμία σημασία στον πόνο στην κοιλιά
του, όσο κι αν έκαιγε

Ya no le prestaba atención al dolor en el abdomen, por mucho
que le ardiera.

Τώρα άφησε τον εαυτό του να πέσει στην πλάτη μιας
κοντινής καρέκλας, κρατώντας τις άκρες με τα
ποδαράκια του

Ahora se dejó caer contra el respaldo de una silla cercana,
agarrándose a los bordes con sus pequeñas piernas.

Είχε όμως αποκτήσει και τον έλεγχο του εαυτού του και
σώπασε

Pero también había ganado control sobre sí mismo y se quedó
en silencio.

γιατί τώρα μπορούσε να ακούσει τον εξουσιοδοτημένο
εκπρόσωπο

porque ahora podía escuchar al representante autorizado

«Καταλάβατε μια λέξη;» ρώτησε ο διευθυντής τους
γονείς

«¿Entendieron una sola palabra?», preguntó el director a los
padres.

«Δεν μας κοροϊδεύει, σωστά;»

«No se está burlando de nosotros, ¿verdad?»

Για όνομα του Θεού, φώναξε η μάνα, ήδη κλαίγοντας.

¡Por Dios!, gritó la madre, ya llorando.

«μπορεί να είναι βαριά άρρωστος και τον βασανίζουμε»

«Puede que esté gravemente enfermo y lo estemos
atormentando»

»Γκρέτε! Γκρέτε!» ούρλιαξε
«¡Grete! ¡Grete!», gritó.
«Μάνα;» φώναξε η αδερφή από την άλλη πλευρά
«¿Madre?», llamó la hermana desde el otro lado.
Επικοινωνούσαν μέσω του δωματίου του Γκρέγκορ
Se comunicaron a través de la habitación de Gregor.
Πρέπει να πάτε αμέσως στο γιατρό. Ο Γκρέγκορ είναι
άρρωστος.
Tienes que ir al médico inmediatamente. Gregor está enfermo.
«Άκουσες να μιλάει ο Γκρέγκορ τώρα;»
¿Has oído a Gregor hablar ahora?
Αυτή ήταν μια φωνή ζώου, είπε ο διευθυντής,
εντυπωσιακά ήσυχη σε σύγκριση με τις κραυγές της
μητέρας
Esa era una voz de animal, dijo el gerente, notablemente
tranquila en comparación con los gritos de la madre.
"Αννα! Άννα!» φώναξε ο πατέρας μέσα από τον
προθάλαμο στην κουζίνα και χτύπησε τα χέρια του
—¡Anna! ¡Anna! —gritó el padre desde la antesala hacia la
cocina y dio una palmada.
«πάρτε έναν κλειδαρά αμέσως!»
»¡Consiga un cerrajero inmediatamente!«
Και τα δύο κορίτσια έτρεξαν στον προθάλαμο με τις
φούστες τους να θροΐζουν
Y las dos muchachas corrieron por la antesala con sus faldas
susurrando.
Πώς ντύθηκε τόσο γρήγορα η αδερφή;
¿Cómo se vistió la hermana tan rápido?
και άνοιξαν την πόρτα του διαμερίσματος
y abrieron la puerta del apartamento
Δεν άκουσες καν την πόρτα να χτυπάει
Ni siquiera escuchaste el portazo
μάλλον είχαν αφήσει την πόρτα ανοιχτή, όπως
συνήθως συμβαίνει σε σπίτια όπου έχει συμβεί μεγάλη
ατυχία
Probablemente habían dejado la puerta abierta, como suele
ocurrir en los hogares donde ha ocurrido una gran desgracia.

Όμως ο Γκρέγκορ είχε γίνει πολύ πιο ήρεμος
Pero Gregor se había vuelto mucho más tranquilo.
Τα λόγια του δεν ήταν πλέον κατανοητά, αν και του
είχαν φανεί αρκετά ξεκάθαρα, πιο ξεκάθαρα από πριν.
Sus palabras ya no se entendían, aunque le habían parecido
bastante claras, más claras que antes.
ίσως λόγω του να έχει συνηθίσει στα αυτιά του
Quizás debido a que se acostumbró a sus oídos.
Αλλά τουλάχιστον οι άνθρωποι πίστευαν τώρα ότι κάτι
δεν πήγαινε καλά μαζί του και ήταν πρόθυμοι να τον
βοηθήσουν
Pero al menos ahora la gente creía que había algo mal con él y
estaban dispuestos a ayudarlo.
Η σιγουριά και η ασφάλεια με την οποία είχαν γίνει οι
πρώτες διευθετήσεις του έκαναν καλό
La confianza y seguridad con que se habían hecho los
primeros arreglos le hicieron bien.
Ένιωσε να περιλαμβάνεται ξανά στον ανθρώπινο κύκλο
Se sintió incluido nuevamente en el círculo humano.
και ήλπιζε σε μεγάλα και εκπληκτικά επιτεύγματα τόσο
από τον γιατρό όσο και από τον κλειδαρά
y esperaba grandes y sorprendentes logros tanto del médico
como del cerrajero
Για να πάρει όσο πιο καθαρή φωνή γινόταν για τις
κρίσιμες συναντήσεις που πλησίαζαν, έβηξε λίγο
Para poder hablar con la mayor claridad posible en las
reuniones cruciales que se avecinaban, tosió un poco.
ωστόσο, προσπάθησε να βήξει πολύ ήσυχα
Sin embargo, intentó toser muy silenciosamente.
γιατί αυτός ο θόρυβος μπορεί να ακουγόταν
διαφορετικός από τον ανθρώπινο βήχα
Porque este ruido puede haber sonado diferente a una tos
humana.
αυτό δεν τολμούσε πια να το αποφασίσει μόνος του
Esto ya no se atrevía a decidirlo por sí mismo.
Στο διπλανό δωμάτιο είχε γίνει εντελώς ήσυχο
En la habitación contigua reinaba un completo silencio.

Ίσως οι γονείς να κάθονταν στο τραπέζι με τον διευθυντή και να ψιθύριζαν
Quizás los padres estaban sentados a la mesa con el gerente y susurraban.
ίσως όλοι ήταν ακουμπισμένοι στην πόρτα και άκουγαν
Tal vez todos estaban apoyados en la puerta y escuchando.
Ο Γκρέγκορ έσπρωξε αργά την καρέκλα προς την πόρτα και την άφησε να φύγει
Gregor empujó lentamente la silla hacia la puerta y la soltó.
ρίχτηκε στην πόρτα και κρατήθηκε όρθιος
Se arrojó contra la puerta y se mantuvo en pie.
τα μαξιλαράκια των ποδιών του είχαν λίγη κόλλα
Las almohadillas de sus piernas tenían un poco de pegamento.
και ξεκουράστηκε εκεί για μια στιγμή από την προσπάθεια
y descansó allí por un momento del esfuerzo
Μετά όμως άρχισε να γυρίζει το κλειδί στην κλειδαριά με το στόμα του
Pero luego empezó a girar la llave en la cerradura con la boca.
Δυστυχώς, φαινόταν ότι δεν είχε πραγματικά δόντια
Desafortunadamente, parecía que no tenía dientes reales.
Πώς πρέπει να πιάσει το κλειδί;
¿Cómo debería agarrar la llave?
αλλά τα σαγόνια ήταν φυσικά πολύ δυνατά
Pero las mandíbulas eran, por supuesto, muy fuertes.
με τη βοήθεια των σιαγόνων του έκανε πραγματικά το κλειδί να κινηθεί
Con la ayuda de sus mandíbulas realmente consiguió mover la llave.
και δεν τον ένοιαζε που αναμφίβολα προκαλούσε κάποιο κακό στον εαυτό του
y no le importaba que sin duda se estaba causando algún daño
γιατί ένα καφέ υγρό βγήκε από το στόμα του, κύλησε πάνω από το κλειδί και έσταξε στο πάτωμα
porque un líquido marrón salió de su boca, fluyó sobre la llave y goteó al suelo
Απλώς άκου, είπε ο διευθυντής στο διπλανό δωμάτιο,

«γυρίζει το κλειδί».

"Escuche", dijo el gerente en la habitación de al lado, "está girando la llave".

Αυτό ήταν μια μεγάλη ενθάρρυνση για τον Γκρέγκορ

Esto fue un gran estímulo para Gregor.

αλλά όλοι θα έπρεπε να του φωνάζουν, συμπεριλαμβανομένου του πατέρα και της μητέρας του:

Pero todos deberían haberlo llamado, incluso su padre y su madre:

«Καλά, Γκρέγκορ», έπρεπε να φωνάξουν

«¡Bien, Gregor!», deberían haber gritado.

«συνέχισε, συνέχισε να γυρίζεις αυτό το κλειδί!»

»¡Sigue, sigue girando esa llave!«

Και, φανταζόμενος ότι όλοι παρακολουθούσαν τις προσπάθειές του με ενθουσιασμό, έσφιξε τα δόντια του χωρίς νόημα στο κλειδί με όση δύναμη μπορούσε να συγκεντρώσει.

E imaginando que todos observaban con emoción sus esfuerzos, apretó sin sentido los dientes sobre la tecla con toda la fuerza que pudo reunir.

Καθώς το κλειδί συνέχιζε να γυρίζει, χόρεψε γύρω από την κλειδαριά

Mientras la llave seguía girando, bailaba alrededor de la cerradura.

τώρα κρατιόταν μόνο ψηλά με το στόμα του

Ahora sólo se sostenía con la boca.

και ανάλογα με την ανάγκη, κρεμόταν από το κλειδί ή το πίεζε πάλι κάτω με όλο το βάρος του σώματός του

y dependiendo de la necesidad, sostenía la llave o la volvía a presionar con todo el peso de su cuerpo.

Ο πιο φωτεινός ήχος της κλειδαριάς που επιτέλους έσπασε ξύπνησε τον Γκρέγκορ

El sonido más brillante de la cerradura finalmente al abrirse despertó a Gregor.

Με έναν αναστεναγμό ανακούφισης είπε στον εαυτό *του: «Δεν χρειαζόμουν λοιπόν τον κλειδαρά».*

Con un suspiro de alivio, se dijo: "Entonces no necesitaba al cerrajero".

και έβαλε το κεφάλι του στο χερούλι για να ανοίξει τελείως η πόρτα

y puso su cabeza en el picaporte para abrir la puerta completamente

Εφόσον έπρεπε να ανοίξει την πόρτα με αυτόν τον τρόπο, στην πραγματικότητα ήταν ήδη αρκετά ορθάνοιχτη και ο ίδιος δεν μπορούσε να δει ακόμα

Como tenía que abrir la puerta de esta manera, en realidad ya estaba bastante abierta y él mismo aún no podía ser visto.

Έπρεπε να γυρίσει αργά γύρω από ένα από τα φτερά της πόρτας, πολύ προσεκτικά

Tuvo que girar lentamente alrededor de una de las hojas de la puerta, con mucho cuidado.

αν δεν ήθελε να πέσει αδέξια ανάσκελα πριν μπει στο δωμάτιο

Si no quería caer torpemente de espaldas antes de entrar a la habitación.

Ήταν ακόμα απασχολημένος με εκείνη τη δύσκολη κίνηση

Todavía estaba ocupado con ese difícil movimiento.

και δεν είχε χρόνο να δώσει σημασία σε τίποτα άλλο

y no tuvo tiempo de prestar atención a nada más

Στη συνέχεια άκουσε τον αρχι υπάλληλο να λέει ένα δυνατό «Ω!»

Entonces oyó al jefe de oficina pronunciar un fuerte "¡Oh!".

ακουγόταν σαν ο άνεμος να τρέχει ορμητικά μέσα στο σπίτι

Sonaba como si el viento soplara a través de la casa.

και τώρα τον είδε κι αυτός, καθώς εκείνος, που ήταν πιο κοντά στην πόρτα, πίεσε το χέρι του στο ανοιχτό στόμα του

Y ahora lo vio también, mientras él, que estaba más cerca de la puerta, presionaba su mano contra su boca abierta.

και αργά οπισθοχώρησε, σαν να τον έδιωχνε μια αόρατη, σταθερά ενεργή δύναμη

Y lentamente retrocedió, como si una fuerza invisible que

actuaba de manera constante lo estuviera alejando.
Παρά την παρουσία του αρχιγραφέα, η μητέρα
στεκόταν εδώ με τα μαλλιά της ακόμα ατημέλητα και
όρθια από το προηγούμενο βράδυ
A pesar de la presencia del jefe de oficina, la madre estaba allí
con el pelo todavía despeinado y erizado desde la noche
anterior.
κοίταξε πρώτα τον πατέρα της με σταυρωμένα χέρια
Primero miró a su padre con las manos juntas.
τότε έκανε δύο βήματα προς τον Γκρέγκορ
Luego dio dos pasos hacia Gregor.
και έπεσε κάτω στη μέση των φούστες της που
απλώνονταν γύρω της
y ella cayó en medio de sus faldas extendiéndose alrededor de
su
το πρόσωπό της ήταν εντελώς κρυμμένο από τα μάτια
και βυθίστηκε στο στήθος της
Su rostro estaba completamente oculto a la vista y hundido
hasta el pecho.
Ο πατέρας έσφιξε τη γροθιά του με μια εχθρική
έκφραση
El padre apretó el puño con expresión hostil.
σαν να ήθελε να σπρώξει τον Γκρέγκορ πίσω στο
δωμάτιό του
Como si quisiera empujar a Gregor de nuevo a su habitación.
μετά κοίταξε αβέβαιος γύρω από το σαλόνι
Luego miró con incertidumbre alrededor de la sala de estar.
Έπειτα σκίασε τα μάτια του με τα χέρια του και έκλαψε
μέχρι που το δυνατό στήθος του τινάχτηκε
Luego se cubrió los ojos con las manos y lloró hasta que su
poderoso pecho se estremeció.
Ο Γκρέγκορ δεν μπήκε καθόλου στο δωμάτιο, αλλά
ακούμπησε στην κλειδωμένη πόρτα από μέσα
Gregor no entró en la habitación, sino que se apoyó desde
dentro contra la puerta cerrada.
έτσι που φαινόταν μόνο το μισό σώμα του και από
πάνω το λοξά γερμένο κεφάλι του

de modo que sólo se podía ver la mitad de su cuerpo y por encima de él su cabeza inclinada hacia un lado

Στο μεταξύ είχε γίνει πολύ πιο φωτεινό

Mientras tanto se había vuelto mucho más brillante.

ξεκάθαρα στην άλλη πλευρά του δρόμου υπήρχε ένα τμήμα του ατελείωτου, γκριζόμαυρου νοσοκομείου απέναντι

Claramente al otro lado de la calle había una sección del interminable hospital gris-negro de enfrente.

η βροχή έπεφτε ακόμα, αλλά μόνο με μεγάλες, ξεχωριστές ορατές σταγόνες

La lluvia seguía cayendo, pero sólo gotas grandes, visibles individualmente.

Τα πιάτα πρωινού ήταν στο τραπέζι σε αφθονία

Los platos del desayuno estaban en la mesa en abundancia.

γιατί για τον πατέρα το πρωινό ήταν το πιο σημαντικό γεύμα της ημέρας

Porque para el padre el desayuno era la comida más importante del día.

ένα γεύμα που το έσερνε με τις ώρες διαβάζοντας διάφορες εφημερίδες

Una comida que se prolongó durante horas mientras leía varios periódicos.

Ακριβώς στον απέναντι τοίχο κρεμόταν μια φωτογραφία του Γκρέγκορ από τη στρατιωτική του περίοδο

Justo en la pared opuesta colgaba una fotografía de Gregor de su época militar.

Η φωτογραφία που τον έδειχνε ως ανθυπολοχαγό

La fotografía que lo mostraba como teniente

πώς, με το χέρι του στο σπαθί του, χαμογελώντας αμέριμνος, απαιτούσε σεβασμό για τη στάση και τη στολή του

Cómo él, con la mano en la espada, sonriendo despreocupadamente, exigía respeto por su postura y su uniforme.

Η πόρτα του προθάλαμου ήταν ανοιχτή

La puerta de la antesala estaba abierta.

και αφού η πόρτα του διαμερίσματος ήταν επίσης ανοιχτή, μπορούσε κανείς να δει τον προαύλιο του διαμερίσματος

Y como la puerta del apartamento también estaba abierta, se podía ver el patio delantero del apartamento.

και στην αρχή έβλεπες τις σκάλες που οδηγούσαν προς τα κάτω

y al principio se podían ver las escaleras que conducían hacia abajo

Λοιπόν, είπε ο Γκρέγκορ, γνωρίζοντας καλά ότι ήταν ο μόνος που είχε διατηρήσει την ψυχραιμία του

Bueno, dijo Gregor, consciente de que era el único que había mantenido la calma.

«Πάω να ντυθώ, να μαζέψω τη συλλογή και να φύγω»

»Me voy a vestir, recoger la colección y salir«

Θέλεις να με αφήσεις να φύγω;

¿Quieres... quieres dejarme ir?

«Λοιπόν, κύριε Προκουρίστα, βλέπετε, δεν είμαι πεισματάρης και μου αρέσει να δουλεύω»

-Bueno, señor Prokurist, verá usted, no soy testaruda y me gusta trabajar.

«Το ταξίδι είναι δύσκολο, αλλά δεν θα μπορούσα να ζήσω χωρίς αυτό»

«Viajar es difícil, pero no podría vivir sin ello»

Πού πηγαίνετε κύριε μάνατζερ; Στο γραφείο; Ναί;

¿Adónde va, señor gerente? ¿A la oficina? ¿Sí?

«Θα τα αναφέρεις όλα με ειλικρίνεια;»

»¿Informarás todo con veracidad?

«Μπορεί να μην μπορείτε να εργαστείτε αυτήν τη στιγμή»

»Es posible que no puedas trabajar en este momento«

«αλλά τότε είναι ακριβώς η κατάλληλη στιγμή να θυμηθούμε τα προηγούμενα επιτεύγματα»

»Pero entonces es el momento justo para recordar los logros pasados«

«αφού αφαιρέσετε το εμπόδιο, εργάζεστε ακόμη πιο

επιμελώς και συγκεντρωμένα»
»Después de eliminar el obstáculo, uno trabaja aún más diligentemente y con mayor concentración«
«Είμαι τόσο υπόχρεος στο αφεντικό, το ξέρεις πολύ καλά».
"Estoy en deuda con el jefe, lo sabes muy bien".
«Από την άλλη, ανησυχώ για τους γονείς μου και την αδερφή μου»
»Por otro lado, me preocupan mis padres y mi hermana«
«Είμαι σε στενό σημείο, αλλά θα προσπαθήσω να το ξεπεράσω»
«Estoy en una situación difícil, pero voy a salir de ella».
"Αλλά μην το κάνεις πιο δύσκολο για μένα από ό,τι είναι ήδη"
»Pero no me lo hagas más difícil de lo que ya es«
«Μείνετε στο πλευρό μου στις επιχειρήσεις!»
»¡Quédate a mi lado en los negocios!«
«Δεν αγαπά κανείς τον ταξιδιώτη, το ξέρω»
«No se ama al viajero, lo sé»
Νομίζεις ότι κερδίζει μια περιουσία και κάνει μια καλή ζωή
¿Crees que gana una fortuna y lleva una buena vida?
«Δεν υπάρχει κανένας ιδιαίτερος λόγος να σκεφτούμε αυτή την προκατάληψη πιο προσεκτικά»
»No hay ninguna razón particular para pensar más detenidamente sobre este prejuicio«
«Αλλά εσείς, κύριε Εντεταλμένο, έχετε καλύτερη εικόνα της κατάστασης από το άλλο προσωπικό».
—Pero usted, señor oficial autorizado, tiene una mejor visión de la situación que el resto del personal.
«Ναι, εμπιστευτικά, έχεις καλύτερη εικόνα από το ίδιο το αφεντικό»
»Sí, en confianza tienes una visión mejor que el propio jefe«
«Το αφεντικό που, υπό την ιδιότητά του ως επιχειρηματίας, επιτρέπει εύκολα να παραπλανηθεί η κρίση του εις βάρος ενός υπαλλήλου»
»El jefe que, en su calidad de empresario, se deja fácilmente

engañar en su juicio en detrimento de un empleado«

«Ξέρετε επίσης πολύ καλά ότι ο ταξιδιώτης μπορεί εύκολα να γίνει θύμα κουτσομπολιού, συμπτώσεων και αβάσιμων παραπόνων»

»También sabéis muy bien que el viajero puede convertirse fácilmente en víctima de habladurías, coincidencias y quejas infundadas«

«Είναι εκτός επιχείρησης σχεδόν όλο το χρόνο»

«Está fuera de actividad casi todo el año»

«Πράγματα ενάντια στα οποία είναι εντελώς αδύνατο να υπερασπιστεί τον εαυτό του»

»Cosas contra las cuales le resulta absolutamente imposible defenderse«

«αφού συνήθως δεν ακούει τίποτα για τέτοια πράγματα»

»ya que normalmente no oye nada sobre esas cosas«

«Το ανακαλύπτει μόνο όταν έχει τελειώσει ένα ταξίδι εξαντλημένος»

»Sólo se entera cuando ha terminado un viaje exhausto«

«όταν βιώνει τις τρομερές συνέπειες στο σπίτι, οι αιτίες των οποίων δεν μπορούν πλέον να κατανοηθούν»

»cuando experimenta en casa las terribles consecuencias, cuyas causas ya no se pueden comprender«

Κύριε μάνατζερ, μη φύγετε χωρίς να μου πείτε λέξη.

Señor gerente, no se vaya sin decirme una palabra.

«Πες μου ότι συμφωνείς μαζί μου τουλάχιστον εν μέρει».

»Dime que estás de acuerdo conmigo al menos en parte.»

Αλλά ο διευθυντής είχε ήδη απομακρυνθεί με τα πρώτα λόγια του Γκρέγκορ

Pero el gerente ya se había dado la vuelta ante las primeras palabras de Gregor.

και μόνο πάνω από τον ώμο του που συσπάται κοίταξε πίσω τον Γκρέγκορ με σφιγμένα τα χείλη

Y sólo por encima de su hombro tembloroso miró a Gregor con los labios fruncidos.

Και κατά τη διάρκεια της ομιλίας του Γκρέγκορ δεν έμεινε ούτε στιγμή ακίνητος

Y durante el discurso de Gregor no se detuvo ni un momento.

αλλά υποχώρησε, χωρίς να πάρει τα μάτια του από τον
Γκρέγκορ, προς την πόρτα, αλλά πολύ σταδιακά

Pero retrocedió, sin apartar los ojos de Gregor, hacia la puerta,
pero muy lentamente.

σαν να υπήρχε μυστική απαγόρευση εξόδου από το
δωμάτιο

Como si hubiera una prohibición secreta de salir de la
habitación.

Ήταν ήδη στον προθάλαμο και μετά την ξαφνική του
κίνηση θα πίστευε κανείς ότι μόλις είχε κάψει τη σόλα
του παπουτσιού του

Ya estaba en la antesala, y después de su repentino
movimiento uno hubiera pensado que acababa de quemarse la
suela del zapato.

Στον προθάλαμο, όμως, άπλωσε το δεξί του χέρι μακριά
του προς τη σκάλα

Sin embargo, en la antesala, extendió su mano derecha lejos de
él, hacia las escaleras.

σαν να τον περίμενε εκεί μια σχεδόν υπερφυσική
σωτηρία

Como si una salvación casi sobrenatural le estuviera
esperando allí.

Ο Γκρέγκορ συνειδητοποίησε ότι δεν μπορούσε να
αφήσει τον μάνατζερ να φύγει με αυτή τη διάθεση

Gregor se dio cuenta de que no podía dejar que el gerente se
fuera en ese estado de ánimo.

η θέση του στην επιχείρηση κινδύνευε

Su posición en el negocio estaba en riesgo

Οι γονείς δεν τα κατάλαβαν καλά όλα αυτά

Los padres no entendieron muy bien todo esto.

Με τα χρόνια είχαν πειστεί ότι ο Γκρέγκορ προβλεπόταν
σε αυτή την επιχείρηση εφ' όρου ζωής

Con el paso de los años se habían convencido de que Gregor
estaba asegurado en este negocio de por vida.

και ήταν τώρα τόσο απασχολημένοι με τις ανησυχίες
της στιγμής που είχαν χάσει κάθε προνοητικότητα

y ahora estaban tan ocupados con las preocupaciones del momento que habían perdido toda previsión.

Αλλά ο Γκρέγκορ είχε αυτή την προνοητικότητα

Pero Gregor tuvo esta previsión.

Ο εξουσιοδοτημένος εκπρόσωπος έπρεπε να κρατηθεί, να ηρεμήσει, να πειστεί και τελικά να κερδίσει

Al representante autorizado había que retenerlo, calmarlo, convencerlo y finalmente convencerlo.

Το μέλλον του Γκρέγκορ και της οικογένειάς του εξαρτιόταν από αυτό!

¡El futuro de Gregor y su familia dependía de ello!

Αν ήταν μόνο η αδερφή εδώ! Ήταν έξυπνη

¡Si la hermana hubiera estado aquí! Era inteligente.

είχε ήδη κλάψει όταν ο Γκρέγκορ ήταν ακόμα ξαπλωμένος ήσυχα ανάσκελα

Ella ya había llorado cuando Gregor todavía estaba acostado tranquilamente de espaldas.

Και σίγουρα ο αρχι υπάλληλος, αυτή η κυρία φίλη, θα είχε αφήσει τον εαυτό του να καθοδηγηθεί από αυτήν

Y seguramente el jefe de oficina, esta amiga, se habría dejado guiar por ella.

θα είχε κλείσει την πόρτα του διαμερίσματος και θα του είχε μιλήσει από τον φόβο του στον προθάλαμο

Ella habría cerrado la puerta del apartamento y lo habría convencido de que dejara de tener miedo en la antesala.

Αλλά η αδερφή δεν ήταν εκεί, οπότε ο ίδιος ο Γκρέγκορ έπρεπε να ενεργήσει

Pero la hermana no estaba allí, por lo que Gregor tuvo que actuar él mismo.

Και χωρίς να σκεφτεί ότι δεν γνώριζε ακόμα τις σημερινές του ικανότητες, έφυγε από την πόρτα

Y sin pensar que aún no conocía sus habilidades actuales, salió de la puerta.

χωρίς καν νά σκεφτεί ότι η ομιλία του μπορεί, πράγματι, μάλλον, να μην έγινε ξανά κατανοητή

Sin siquiera pensar que su discurso podría, de hecho, probablemente, no haber sido comprendido nuevamente.

και έσπρωξε τον εαυτό του μέσα από το άνοιγμα του δωματίου
y se empujó a través de la abertura de la habitación.
ήθελε να πάει στον μάνατζερ, ο οποίος κρατιόταν ήδη από το κιγκλίδωμα του προαύλιου χώρου με τα δύο χέρια με γελοίο τρόπο
Quería ir a ver al gerente, que ya se agarraba con ambas manos de la barandilla de la explanada de una manera ridícula.
αλλά αμέσως έπεσε κάτω στα πολλά του ποδαράκια με ένα μικρό κλάμα, ψάχνοντας να βρει κάτι να κρατηθεί
Pero inmediatamente cayó sobre sus muchas patitas con un pequeño grito, buscando algo a lo que agarrarse.
Μόλις συνέβη αυτό, ένιωσε σωματική ευεξία για πρώτη φορά εκείνο το πρωί
Tan pronto como esto sucedió, sintió un bienestar físico por primera vez esa mañana.
τα πόδια είχαν στερεό έδαφος από κάτω τους
Las piernas tenían tierra firme debajo de ellas.
υπάκουσαν πλήρως, όπως παρατήρησε με χαρά του
Ellos obedecieron completamente, como él notó para su deleite.
τα πόδια του προσπαθούσαν ακόμη και να τον μεταφέρουν όπου ήθελε να πάει
Sus piernas incluso se esforzaban por llevarlo a donde quisiera ir.
και πίστευε ήδη ότι η τελική βελτίωση όλων των δεινών ήταν επικείμενη
y ya creía que la mejora final de todos los sufrimientos era inminente
Αλλά την ίδια στιγμή πήδηξε η ίδια του η μητέρα
Pero en ese mismo momento su propia madre saltó.
τα χέρια της απλωμένα, τα δάχτυλά της απλωμένα, φώναξε: «Βοήθεια, για όνομα του Θεού!».
Con los brazos extendidos y los dedos separados, gritó: «¡Socorro, por el amor de Dios, socorro!».
έγειρε το κεφάλι της σαν να ήθελε να δει τον Γκρέγκορ

καλύτερα
Ella inclinó la cabeza como si quisiera ver mejor a Gregor.
αλλά έτρεξε πίσω, σε αντίθεση με αυτό, χωρίς νόημα
Pero ella corrió de regreso, en contradicción con esto, sin
sentido.
είχε ξεχάσει ότι το τραπέζι ήταν στρωμένο πίσω της
Ella había olvidado que la mesa estaba puesta detrás de ella.
Όταν έφτασε στη θέση του, κάθισε βιαστικά στο
τραπέζι σαν αποσπασμένη
Cuando llegó a su casa, se sentó apresuradamente en la mesa
como si estuviera distraída.
και δεν φαινόταν να προσέχει ότι ο καφές χυνόταν από
την αναποδογυρισμένη μεγάλη κατσαρόλα στο χαλί
δίπλα της
y ella no pareció darse cuenta de que el café se estaba
derramando de la gran cafetera volcada sobre la alfombra a su
lado.
Μάνα, μάνα, είπε σιγά ο Γκρέγκορ και την κοίταξε
ψηλά
Mamá, mamá, dijo Gregor suavemente y la miró.
Ο εντεταλμένος αξιωματικός είχε εξαφανιστεί τελείως
για μια στιγμή από το μυαλό του
El oficial autorizado había desaparecido por completo de su
mente por un momento.
Από την άλλη, δεν μπόρεσε να αντισταθεί στο να
σπάσει τα σαγόνια του στο κενό πολλές φορές στη θέα
του καφέ που έτρεχε.
Por otro lado, no pudo resistirse a chasquear las mandíbulas
varias veces al ver el café fluyendo.
Η μητέρα άρχισε πάλι να κλαίει για αυτό
La madre empezó a llorar de nuevo por esto.
έφυγε από το τραπέζι και έπεσε στην αγκαλιά του
πατέρα της που έτρεχε προς το μέρος της
Ella huyó de la mesa y cayó en los brazos de su padre que
corría hacia ella.
Αλλά ο Γκρέγκορ δεν είχε χρόνο για τους γονείς του
τώρα

Pero Gregor ya no tenía tiempo para sus padres.

ο εξουσιοδοτημένος υπάλληλος ήταν ήδη στις σκάλες

El oficial autorizado ya estaba en las escaleras.

το πιγούνι του στο κάγκελο, κοίταξε πίσω για τελευταία φορά

Con la barbilla apoyada en la barandilla, miró hacia atrás por última vez.

Ο Γκρέγκορ έκανε ένα τρέξιμο για να τον προλάβει όσο πιο ασφαλής γινόταν

Gregor corrió para alcanzarlo lo más seguro posible.

Κάτι πρέπει να υποψιάστηκε ο αρχιγραμματέας, γιατί πήδηξε πάνω από πολλά σκαλιά και εξαφανίστηκε

El jefe de oficina debió sospechar algo, porque saltó varios escalones y desapareció.

«Χα!» φώναξε, αντηχούσε σε όλη τη σκάλα

«¡Huh!», gritó, y su voz resonó por toda la escalera.

Δυστυχώς, η απόδραση του μάνατζερ φάνηκε να μπερδεύει εντελώς και τον πατέρα του, που μέχρι τότε ήταν σχετικά συγκροτημένος.

Desgraciadamente, la huida del directivo también pareció confundir por completo a su padre, que hasta entonces se había mostrado relativamente sereno.

γιατί αντί να τρέξει ο ίδιος πίσω από τον αρχιγραφέα ή τουλάχιστον να μην εμποδίσει τον Γκρέγκορ στην καταδίωξή του, άρπαξε το ραβδί του αρχιγραφέα με το δεξί του χέρι

porque en lugar de correr él mismo tras el escribano jefe o al menos no obstaculizar su persecución, Gregor agarró el bastón del escribano jefe con su mano derecha.

Πήρε μια μεγάλη εφημερίδα από το τραπέζι με το αριστερό του χέρι

Cogió un periódico grande de la mesa con su mano izquierda.

και άρχισε να χτυπάει τα πόδια του και να κουνάει το ραβδί και την εφημερίδα του για να οδηγήσει τον Γκρέγκορ πίσω στο δωμάτιό του

Y empezó a dar patadas y a agitar el bastón y el periódico para obligar a Gregor a regresar a su habitación.

Κανένα από τα αιτήματα του Γκρέγκορ δεν βοήθησε,
κανένα από τα αιτήματά του δεν έγινε κατανοητό
Ninguna de las peticiones de Gregor sirvió, ninguna de sus
peticiones fue entendida.
Όσο ταπεινά κι αν γύριζε το κεφάλι του, ο πατέρας του
χτυπούσε μόνο πιο δυνατά τα πόδια του
Por más humilde que girase la cabeza, su padre sólo le daba
patadas más fuertes.
Εκεί πέρα, η μητέρα είχε ανοίξει ένα παράθυρο παρά τον
δροσερό καιρό
Allí, la madre había abierto una ventana a pesar del clima
fresco.
και γέρνοντας έξω από το παράθυρο πίεσε το πρόσωπό
της πολύ έξω από το παράθυρο στα χέρια της
Y asomándose por la ventana, apretó su rostro contra sus
manos, que estaba muy lejos de la ventana.
Ένα δυνατό βύθισμα αναπτύχθηκε ανάμεσα στο
δρομάκι και τη σκάλα
Se creó una fuerte corriente de aire entre el callejón y la
escalera.
οι κουρτίνες του παραθύρου άνοιξαν και οι εφημερίδες
στο τραπέζι θρόισμα
Las cortinas de la ventana se abrieron de golpe y los
periódicos sobre la mesa crujieron.
μεμονωμένα φύλλα φύσηξαν στο έδαφος
Hojas individuales arrastradas por el suelo
Ο πατέρας έσπρωχνε αμείλικτα και σφύριξε σαν άγριος
El padre empujó sin descanso y silbó como un hombre salvaje.
Αλλά ο Γκρέγκορ δεν είχε πρακτική στο να περπατάει
προς τα πίσω, ήταν πραγματικά πολύ αργός
Pero Gregor no tenía práctica en caminar hacia atrás, era
realmente muy lento.
Αν είχε επιτραπεί στον Γκρέγκορ να γυρίσει, θα ήταν
αμέσως στο δωμάτιό του
Si a Gregor le hubieran permitido darse la vuelta, habría
estado inmediatamente en su habitación.
αλλά φοβόταν μην κάνει τον πατέρα του ανυπόμονο

από τη χρονοβόρα στροφή

Pero tenía miedo de impacientar a su padre con el largo turno.

και ανά πάσα στιγμή απειλήθηκε με θανατηφόρο χτύπημα στην πλάτη ή στο κεφάλι από το ραβδί στο χέρι του πατέρα του

y en cualquier momento lo amenazaban con un golpe fatal en la espalda o en la cabeza con el palo que sostenía su padre.

Αλλά τελικά ο Γκρέγκορ δεν είχε άλλη επιλογή

Pero finalmente Gregor no tuvo otra opción.

γιατί συνειδητοποίησε με τρόμο ότι δεν μπορούσε καν να κρατήσει την κατεύθυνση όταν πήγαινε προς τα πίσω

porque se dio cuenta con horror que ni siquiera podía mantener la dirección al ir hacia atrás.

κι έτσι άρχισε να γυρίζει όσο πιο γρήγορα γινόταν, αλλά στην πραγματικότητα πολύ αργά, με αδιάκοπα ανήσυχα βλέμματα στον πατέρα του

Y así empezó a girar lo más rápido que pudo, pero en realidad muy lentamente, sin cesar de mirar con ansiedad a su padre.

Ίσως ο πατέρας παρατήρησε την καλή του θέληση, γιατί δεν τον ενόχλησε

Tal vez el padre notó su buena voluntad, porque no lo molestó.

κατεύθυνε μάλιστα την περιστροφή από απόσταση με την άκρη του ραβδιού του

Incluso dirigió la rotación desde la distancia con la punta de su bastón.

Μακάρι να μην ήταν αυτό το αφόρητο σφύριγμα από τον πατέρα μου!

¡Ojalá no hubiera sido por ese silbido insoportable de mi padre!

Ο Γκρέγκορ έχασε εντελώς την ψυχραιμία του

Gregor perdió completamente la compostura.

Είχε σχεδόν γυρίσει όταν, ακούγοντας πάντα αυτό το σφύριγμα, έκανε ένα λάθος και γύρισε λίγο πίσω

Ya casi se había dado la vuelta cuando, siempre atento a ese silbido, incluso cometió un error y se dio la vuelta un poco.

Αλλά όταν τελικά πήρε το κεφάλι του μπροστά από την πόρτα, έγινε φανερό ότι το σώμα του ήταν πολύ φαρδύ για να περάσει εύκολα.

Pero cuando finalmente logró poner su cabeza frente a la puerta, se hizo evidente que su cuerpo era demasiado ancho para pasar fácilmente.

Φυσικά στη σημερινή του κατάσταση δεν πέρασε από το μυαλό του πατέρα να ανοίξει και την άλλη πόρτα

Por supuesto, en su estado actual, al padre tampoco se le ocurrió abrir la otra puerta.

για να δημιουργήσει επαρκή δίοδο για τον Γκρέγκορ

Para crear suficiente paso para Gregor

Η εμμονή του ήταν απλώς ότι ο Γκρέγκορ έπρεπε να φτάσει στο δωμάτιό του όσο το δυνατόν γρηγορότερα

Su obsesión era simplemente que Gregor tenía que llegar a su habitación lo más rápido posible.

Δεν θα επέτρεπε ποτέ τις περίπλοκες προετοιμασίες που χρειαζόταν να κάνει ο Γκρέγκορ για να σταθεί όρθιος και ίσως να περάσει την πόρτα με αυτόν τον τρόπο.

Nunca habría permitido los complicados preparativos que Gregor tuvo que hacer para poder levantarse y tal vez atravesar la puerta de esa manera.

Ίσως οδηγούσε τώρα τον Γκρέγκορ μπροστά με ιδιαίτερο θόρυβο, σαν να μην υπήρχε εμπόδιο

Tal vez ahora empujaba a Gregor hacia adelante con un ruido especial, como si no hubiera ningún obstáculo.

Ακόμη και πίσω από τον Γκρέγκορ δεν ακουγόταν πια σαν τη φωνή του μοναδικού πατέρα του

Incluso detrás de Gregor ya no sonaba la voz de su único padre.

Τώρα δεν υπήρχε πια αστείο και ο Γκρέγκορ έσπρωξε τον εαυτό του –ό,τι κι αν συνέβαινε– στην πόρτα

Ahora ya no había más bromas y Gregor se empujó, pasara lo que pasara, hacia la puerta.

Η μια πλευρά του σώματός του σηκώθηκε

Un lado de su cuerpo se levantó.

ξάπλωσε στραβά στο κατώφλι

Él yacía torcido en la puerta
ένα από τα πλευρά του ήταν εντελώς ωμό
Uno de sus flancos estaba completamente raspado y en carne
viva.
στη λευκή πόρτα παρέμειναν άσχημοι λεκέδες
Quedaron manchas feas en la puerta blanca
σύντομα είχε κολλήσει και δεν θα μπορούσε να κινηθεί
μόνος του
Pronto se quedó atascado y no habría podido moverse por sí
solo.
τα πόδια από τη μια πλευρά κρέμονταν τρέμοντας στον
αέρα
Las piernas de un lado colgaban temblando en el aire.
τα πόδια από την άλλη πλευρά πιέζονταν οδυνηρά στο
έδαφος
Las piernas del otro lado estaban dolorosamente presionadas
contra el suelo.
τότε ο πατέρας του του έδωσε μια πραγματικά
λυτρωτική δυνατή ώθηση από πίσω
Entonces su padre le dio un fuerte empujón desde atrás que
fue realmente liberador.
και πέταξε, αιμορραγώντας βαριά, μακριά στο δωμάτιό
του
y voló, sangrando profusamente, hasta su habitación.
η πόρτα έκλεισε με ένα ραβδί
La puerta se cerró de golpe con un palo
μετά ήταν τελικά ήσυχα
Entonces finalmente hubo silencio

Μέρος δεύτερο
Segunda parte

Μόνο το σούρουπο ο Γκρέγκορ ξύπνησε από τον βαρύ, αναίσθητο ύπνο του

Sólo al anochecer Gregorio despertó de su sueño pesado e inconsciente.

Σίγουρα θα είχε ξυπνήσει όχι πολύ αργότερα, ακόμη και χωρίς ενόχληση

Seguramente se habría despertado poco después, incluso sin perturbaciones.

γιατί ένιωθε αρκετά ξεκούραστος και κοιμόταν καλά

porque se sentía suficientemente descansado y bien dormido

αλλά του φάνηκε σαν να τον ξύπνησαν ένα φευγαλέο βήμα και ένα προσεκτικό κλείσιμο της πόρτας που οδηγούσε στον προθάλαμο

Pero le pareció como si un paso fugaz y un cierre cauteloso de la puerta que conducía a la antesala lo hubieran despertado.

Το φως του ηλεκτρικού τραμ ήταν χλωμό εδώ κι εκεί στο ταβάνι και στα ψηλότερα μέρη των επίπλων

La luz del tranvía eléctrico se reflejaba pálidamente aquí y allá en el techo y en las partes altas de los muebles.

αλλά στο επίπεδο του Γκρέγκορ ήταν σκοτεινά

Pero abajo, al nivel de Gregor, estaba oscuro.

Έσπρωξε αργά τον εαυτό του προς την πόρτα για να δει τι είχε συμβεί εκεί

Se empujó lentamente hacia la puerta para ver qué había sucedido allí.

ήταν ακόμα αδέξιος με τα αισθήματά του, τα οποία μόλις τώρα έμαθε να εκτιμά

Todavía era torpe con sus antenas, que sólo ahora aprendió a apreciar.

Η αριστερή του πλευρά φαινόταν να έχει μια μακριά, δυσάρεστα σφιχτή ουλή

Su lado izquierdo parecía tener una cicatriz larga y desagradablemente apretada.

και έπρεπε κυριολεκτικά να κουτσαίνει στις δύο σειρές των ποδιών του

y tuvo que cojear literalmente sobre sus dos filas de patas

Παρεμπιπτόντως, το ένα πόδι είχε τραυματιστεί σοβαρά κατά τα πρωινά επεισόδια

Por cierto, una de las piernas resultó gravemente herida durante los incidentes de la mañana.

ήταν σχεδόν θαύμα που τραυματίστηκε μόνο το ένα του πόδι

Fue casi un milagro que sólo una de sus piernas estuviera herida

και έσυρε το πόδι του άψυχα

y arrastró su pierna sin vida

Μόνο όταν έφτασε στην πόρτα κατάλαβε τι πραγματικά τον είχε παρασύρει εκεί

Sólo cuando llegó a la puerta se dio cuenta de lo que realmente lo había atraído hasta allí.

ήταν η μυρωδιά από κάτι φαγώσιμο που τον είχε παρασύρει εκεί

Fue el olor de algo comestible lo que lo había atraído allí.

Γιατί υπήρχε ένα μπολ γεμάτο γλυκό γάλα, στο οποίο επέπλεαν μικρές φέτες άσπρο ψωμί

Porque había un cuenco lleno de leche dulce, en el que flotaban pequeñas rebanadas de pan blanco.

Σχεδόν γέλασε από χαρά γιατί πεινούσε ακόμα περισσότερο από το πρωί

Casi se rió de alegría porque tenía aún más hambre que por la mañana.

και αμέσως βύθισε το κεφάλι του σχεδόν μέχρι τα μάτια στο γάλα

Y al instante sumergió la cabeza casi hasta los ojos en la leche.

Σύντομα όμως τράβηξε το κεφάλι του πίσω απογοητευμένος

Pero pronto echó la cabeza hacia atrás decepcionado.

Δεν ήταν μόνο ότι το φαγητό ήταν δύσκολο για αυτόν λόγω της λεπτής αριστερής πλευράς του

No era sólo que comer le resultaba difícil debido a su delicado lado izquierdo.

μπορούσε να φάει μόνο αν όλο του το σώμα

λαχανιαζόταν και δούλευε

Sólo podía comer si todo su cuerpo jadeaba y trabajaba.

αλλά εξάλλου δεν του άρεσε καθόλου το γάλα, που ήταν συνήθως το αγαπημένο του

Pero además, no le gustaba nada la leche, que normalmente era su favorita.

η αδερφή του είχε σίγουρα δώσει το γάλα γι' αυτό το λόγο

La hermana seguramente le había dado la leche por esta razón.

ναι, γύρισε από το μπολ σχεδόν με απροθυμία

Sí, se alejó del cuenco casi con renuencia.

και σύρθηκε πίσω στη μέση του δωματίου

y se arrastró de nuevo hasta el centro de la habitación

Στο σαλόνι, όπως είδε ο Γκρέγκορ από τη χαραμάδα της πόρτας, το γκάζι άναψε

En la sala de estar, como Gregor vio a través de la rendija de la puerta, estaba encendida la llama del gas.

Αυτή την ώρα της ημέρας, ο πατέρας συνήθιζε να διαβάζει την απογευματινή του εφημερίδα στη μητέρα του και μερικές φορές και στην αδερφή του με υψωμένη φωνή

A esta hora del día, el padre solía leer el periódico de la tarde a su madre y a veces también a su hermana en voz alta.

αλλά σήμερα δεν ακούστηκε κανένας ήχος

pero hoy no se escuchó ningún sonido

Τώρα ίσως αυτή η μεγαλόφωνη ανάγνωση, που του έλεγε και έγραφε πάντα η αδερφή του, είχε πρόσφατα ξεφύγει τελείως

Ahora bien, quizá esa lectura en voz alta, de la que siempre le hablaba y escribía su hermana, había quedado recientemente completamente fuera de uso.

Αλλά ήταν τόσο ήσυχο τριγύρω, αν και το διαμέρισμα σίγουρα δεν ήταν άδειο

Pero todo estaba muy tranquilo, aunque el apartamento ciertamente no estaba vacío.

«Τι ήσυχη ζωή έκανε η οικογένεια», είπε ο Γκρέγκορ

"¡Qué vida tan tranquila llevaba la familia!", dijo Gregor.

και ένιωσε, καθώς κοιτούσε το σκοτάδι μπροστά του, μια μεγάλη περηφάνια

y sintió, mientras miraba fijamente la oscuridad frente a él, un gran orgullo.

ήταν περήφανος που μπόρεσε να προσφέρει στους γονείς του και στην αδερφή του μια τέτοια ζωή σε ένα τόσο όμορφο διαμέρισμα

Estaba orgulloso de haber podido ofrecerles a sus padres y a su hermana una vida así en un apartamento tan bonito.

Αλλά τι θα γινόταν αν όλη η ειρήνη, κάθε ευημερία, όλη η ικανοποίηση επρόκειτο να φθάσει σε ένα τρομερό τέλος;

¿Pero qué pasaría si toda paz, toda prosperidad y toda satisfacción llegaran a un final terrible?

Για να μη χάσει τον εαυτό του σε τέτοιες σκέψεις, ο Γκρέγκορ προτίμησε να κινηθεί

Para no perderse en tales pensamientos, Gregor prefirió ponerse en movimiento.

και σύρθηκε πάνω κάτω στο δωμάτιο

y se arrastró arriba y abajo de la habitación

Μια φορά κατά τη διάρκεια της μεγάλης βραδιάς η μια πλαϊνή πόρτα και μια φορά η άλλη άνοιξε σε μια μικρή ρωγμή

Una vez, durante la larga velada, una puerta lateral y otra vez la otra se abrieron por una pequeña rendija.

και γρήγορα η πόρτα έκλεισε ξανά

Y rápidamente la puerta se cerró de nuevo.

κάποιος είχε την επιθυμία να μπει, αλλά και πάρα πολλές ανησυχίες

Alguien tenía el deseo de entrar, pero también demasiadas preocupaciones.

Ο Γκρέγκορ σταμάτησε τώρα κατευθείαν στην πόρτα του σαλονιού

Gregor ahora se detuvo directamente en la puerta de la sala de estar.

ήταν αποφασισμένος να φέρει με κάποιο τρόπο τον

διστακτικό επισκέπτη
Estaba decidido a hacer entrar de algún modo al visitante
indeciso.
ήθελε τουλάχιστον να μάθει ποιος ήταν
Al menos quería saber quién era.
αλλά τώρα η πόρτα δεν άνοιγε πια και ο Γκρέγκορ
περίμενε μάταια
Pero ahora la puerta ya no estaba abierta y Gregor esperó en
vano.
Νωρίς το πρωί, όταν οι πόρτες ήταν κλειδωμένες, όλοι
ήθελαν να μπουν κοντά του
Temprano en la mañana, cuando las puertas estaban cerradas,
todos querían entrar.
τώρα που είχε ανοίξει τη μια πόρτα και προφανώς είχαν
ανοίξει τις άλλες κατά τη διάρκεια της ημέρας, δεν ήρθε
κανείς
Ahora que había abierto una puerta y las demás
evidentemente habían sido abiertas durante el día, nadie vino.
και τα κλειδιά μπήκαν τώρα και από έξω
Y las llaves ahora también se insertaban desde el exterior.
Μόνο αργά το βράδυ ήταν κλειστό το φως στο σαλόνι
Sólo tarde por la noche se apagó la luz de la sala de estar.
και τώρα ήταν εύκολο να δει κανείς ότι οι γονείς και η
αδερφή είχαν μείνει ξύπνιοι τόσο καιρό
Y ahora era fácil ver que los padres y la hermana habían
permanecido despiertos tanto tiempo.
γιατί όπως άκουγε κανείς ξεκάθαρα, και οι τρεις
απομακρύνονταν τώρα στις μύτες των ποδιών
Porque como se podía oír claramente, los tres se alejaban de
puntillas.
Τώρα κανείς δεν θα ερχόταν στον Γκρέγκορ μέχρι το
πρωί
Ahora nadie vendría a Gregor hasta la mañana.
Είχε καιρό λοιπόν να σκεφτεί ανενόχλητος πώς θα
έπρεπε τώρα να αναδιοργανώσει τη ζωή του
Así que tuvo mucho tiempo para pensar tranquilamente sobre
cómo debería reorganizar ahora su vida.

Αλλά το ψηλό, άδειο δωμάτιο στο οποίο αναγκάστηκε
να ξαπλώσει στο πάτωμα τον τρόμαξε
Pero la habitación alta y vacía en la que lo obligaron a
tumbarse en el suelo lo asustó.
τον τρόμαξε χωρίς να μπορεί να μάθει την αιτία
Le asustó sin que pudiera averiguar la causa
γιατί ήταν το δωμάτιο που έμενε πέντε χρόνια
porque era la habitación en la que había vivido durante cinco
años
και με μια μισή αναίσθητη στροφή και όχι χωρίς μια
ελαφριά αίσθηση ντροπής, έσπευσε κάτω από τον
καναπέ
Y con un giro medio inconsciente y no sin un ligero
sentimiento de vergüenza, se apresuró a meterse debajo del
sofá.
κάτω από τον καναπέ ένιωσε αμέσως πάλι πολύ άνετα
Bajo el sofá inmediatamente se sintió muy cómodo de nuevo.
παρά το γεγονός ότι η πλάτη του ήταν λίγο πιεσμένη
A pesar de que tenía la espalda un poco presionada
και παρά το γεγονός ότι δεν μπορούσε πια να σηκώσει
το κεφάλι του
y a pesar de que ya no podía levantar la cabeza
και τώρα μετάνιωσε που το σώμα του ήταν πολύ φαρδύ
για να χωρέσει τελείως κάτω από τον καναπέ
Y ahora lamentaba que su cuerpo fuera demasiado ancho para
acomodarse completamente debajo del sofá.
Έμεινε εκεί όλη τη νύχτα, την οποία πέρασε εν μέρει
μισοκοιμισμένος
Se quedó allí toda la noche, que pasó en parte medio dormido.
τον μισό ύπνο από τον οποίο τον ξυπνούσε η πείνα
El medio sueño del que el hambre lo despertaba una y otra
vez
αλλά πέρασε ένα μέρος της νύχτας με ανησυχίες και
αόριστες ελπίδες
Pero pasó parte de la noche preocupado y con vagas
esperanzas.
Ελπίδες ότι όλα οδήγησαν σε ένα συμπέρασμα

Esperanzas que todas condujeron a una conclusión

έπρεπε να μείνει ήσυχος για την ώρα

Tuvo que permanecer callado por el momento.

και έπρεπε να κάνει τις ταλαιπωρίες υποφερτές με την υπομονή και τη μεγαλύτερη φροντίδα της οικογένειας

y tuvo que hacer soportables los inconvenientes con paciencia y la mayor consideración hacia la familia.

την ταλαιπωρία που αναγκάστηκε τώρα να τους προκαλέσει στην παρούσα κατάστασή του

las molestias que ahora se veía obligado a causarles en su condición actual

Ήδη νωρίς το πρωί, ήταν σχεδόν ακόμα νύχτα, ο Γκρέγκορ είχε την ευκαιρία να δοκιμάσει τη δύναμη των νέων αποφάσεών του

Ya temprano por la mañana, cuando todavía era casi de noche, Gregor tuvo la oportunidad de probar la fuerza de sus recién tomadas decisiones.

γιατί από τον προθάλαμο η αδερφή, σχεδόν ντυμένη, άνοιξε την πόρτα και κοίταξε μέσα με ενθουσιασμό

porque desde la antesala la hermana, casi completamente vestida, abrió la puerta y miró hacia adentro con excitación.

Δεν τον βρήκε αμέσως, αλλά όταν τον παρατήρησε κάτω από τον καναπέ...

No lo encontró de inmediato, pero cuando lo notó debajo del sofá...

Θεέ μου, έπρεπε να είναι κάπου. δεν μπορούσε να πετάξει μακριά

Dios, tenía que estar en algún lugar; no podía haberse ido volando.

Ήταν τόσο φοβισμένη που, χωρίς να μπορέσει να ελέγξει τον εαυτό της, χτύπησε την πόρτα από έξω

Estaba tan asustada que, sin poder controlarse, cerró la puerta desde afuera.

Αλλά σαν να μετάνιωσε για τη συμπεριφορά της, άνοιξε αμέσως ξανά την πόρτα

Pero como si se arrepintiera de su comportamiento, inmediatamente abrió la puerta nuevamente.

και μπήκε στις μύτες των ποδιών σαν να επισκεπτόταν
έναν βαριά άρρωστο ή ακόμα και έναν ξένο
y entró de puntillas como si estuviera visitando a un enfermo
grave o incluso a un desconocido
Ο Γκρέγκορ είχε σπρώξει το κεφάλι του σχεδόν στην
άκρη του καναπέ και την παρακολουθούσε
Gregor había empujado su cabeza casi hasta el borde del sofá
y la estaba mirando.
Θα πρόσεχε ότι είχε αφήσει το γάλα;
¿Se daría cuenta de que había dejado la leche?
και δεν το έκανε αυτό λόγω έλλειψης πείνας
y no lo hace por falta de hambre
και αναρωτήθηκε αν θα έφερνε άλλο φαγητό
y se preguntó si ella traería alguna otra comida
Ένα πιάτο που του ταίριαζε περισσότερο
Un plato que le sentaba mejor
Αν δεν το έκανε η ίδια, θα προτιμούσε να πεινάσει παρά
να το συνειδητοποιήσει
Si no lo hiciera ella misma, él preferiría morir de hambre antes
que hacérselo saber.
Στην πραγματικότητα μπήκε στον πειρασμό να
πυροβολήσει κάτω από τον καναπέ
En realidad, estuvo muy tentado de salir disparado desde
debajo del sofá.
ήθελε να ριχτεί στα πόδια της αδερφής του και να της
ζητήσει κάτι καλό να φάει
Quería arrojarse a los pies de su hermana y pedirle algo bueno
para comer.
Αλλά η αδερφή του παρατήρησε αμέσως με έκπληξη
ότι το μπολ ήταν ακόμα γεμάτο
Pero su hermana inmediatamente notó con sorpresa que el
cuenco todavía estaba lleno.
το μπολ από το οποίο χύθηκε μόνο λίγο γάλα τριγύρω
El recipiente del que sólo se derramó un poco de leche por
todos lados.
Αμέσως σήκωσε το μπολ, όχι με γυμνά χέρια, αλλά με
ένα κουρέλι, και το έβγαλε

Inmediatamente tomó el cuenco, no con sus propias manos, sino con un trapo, y lo sacó.

Ο Γκρέγκορ ήταν εξαιρετικά περίεργος να δει τι θα έφερνε ως αντικαταστάτη

Gregor tenía muchísima curiosidad por ver qué traería como reemplazo.

και είχε διάφορες σκέψεις για αυτό

y tenía varios pensamientos al respecto

Αλλά δεν μπορούσε ποτέ να μαντέψει τι έκανε πραγματικά η αδερφή με την καλοσύνη της

Pero nunca podría haber adivinado lo que la hermana realmente hizo en su bondad.

Για να δοκιμάσει το γούστο του, του έφερε μια ολόκληρη επιλογή, όλα απλωμένα σε μια παλιά εφημερίδα

Para probar su gusto, le trajo una selección entera, toda extendida sobre un periódico viejo.

Υπήρχαν παλιά, μισοσάπια λαχανικά

Había verduras viejas y medio podridas.

Κόκαλα από το βραδινό γεύμα που περιβάλλονται από στερεοποιημένη λευκή σάλτσα

Huesos de la cena rodeados de salsa blanca solidificada

λίγες σταφίδες και αμύγδαλα

Unas pasas y almendras

ένα τυρί που ο Γκρέγκορ είχε δηλώσει μη βρώσιμο πριν από δύο μέρες

Un queso que Gregor había declarado incomestible hacía dos días.

ένα ξερό ψωμί και ένα βουτυρωμένο ψωμί

Un pan seco y un pan con mantequilla.

και ένα παστό ψωμί αλειμμένο με βούτυρο

y un pan salado untado con mantequilla

Εκτός από όλα αυτά, τοποθέτησε και ένα μπολ που μάλλον προοριζόταν για τον Γκρέγκορ μια για πάντα.

Además de todo esto, también colocó un cuenco que probablemente estaba destinado a Gregor de una vez por todas.

και είχε ρίξει νερό στο μπολ
y ella había vertido agua en el cuenco
Και από λιχουδιά, ξέροντας ότι ο Γκρέγκορ δεν θα
έτρωγε μπροστά της, έφυγε βιαστικά
Y por delicadeza, sabiendo que Gregorio no comería delante
de ella, se apresuró a marcharse.
και μάλιστα γύρισε το κλειδί καθώς έφευγε
Y hasta giró la llave al salir.
έτσι που μόνο ο Γκρέγκορ μπορούσε να παρατηρήσει
ότι μπορούσε να βολευτεί όσο ήθελε
para que sólo Gregor pudiera notar que podía ponerse tan
cómodo como quisiera.
Τα πόδια του Γκρέγκορ στριφογύριζαν καθώς ήταν ώρα
για φαγητό
Las piernas de Gregor zumbaban porque era hora de comer.
Αξίζει να σημειωθεί ότι οι πληγές του πρέπει να έχουν
ήδη επουλωθεί πλήρως
Cabe señalar que sus heridas ya deben haber sanado por
completo.
γιατί δεν ένιωθε πλέον καμία αναπηρία
porque ya no sentía ninguna discapacidad
Έμεινε έκπληκτος και σκέφτηκε πώς είχε κόψει το
δάχτυλό του με το μαχαίρι πριν από περισσότερο από
ένα μήνα
Se quedó asombrado y pensó en cómo se había cortado el
dedo con el cuchillo hacía más de un mes.
και θυμήθηκε πώς αυτή η πληγή τον είχε πονέσει
αρκετά προχθές
y recordó cuánto le había dolido bastante esa herida anteayer
«Είμαι λιγότερο ευαίσθητος τώρα;» σκέφτηκε
«¿Soy menos sensible ahora?», pensó.
και ρουφούσε ήδη λαίμαργα το τυρί
y ya estaba chupando con avidez el queso
το τυρί στο οποίο παρασύρθηκε αμέσως και εμφατικά
πάνω από όλα τα άλλα φαγητά
El queso que le atraía inmediata y enfáticamente por encima
de todos los demás alimentos.

Γρήγορα το ένα μετά το άλλο και με μάτια βουρκωμένα
από ικανοποίηση, έφαγε το τυρί
Rápidamente, uno tras otro y con los ojos llenos de lágrimas
de satisfacción, se comió el queso.
και έφαγε τα λαχανικά και τη σάλτσα
y comió las verduras y la salsa
Το φρέσκο φαγητό, όμως, δεν του άρεσε
Sin embargo, la comida fresca no le sabía bien.
δεν άντεχε ούτε τη μυρωδιά του φρέσκου φαγητού
Ni siquiera podía soportar el olor de la comida fresca.
και μάλιστα έσυρε λίγο πιο μακριά τα πράγματα που
ήθελε να φάει
Y hasta arrastró las cosas que quería comer un poco más lejos.
Είχε ήδη τελειώσει τα πάντα
Ya había terminado todo
Ήταν ακόμα ξαπλωμένος νωχελικά στο ίδιο σημείο
όταν ήρθε η αδερφή του
Todavía estaba acostado perezosamente en el mismo lugar
cuando llegó su hermana.
Ως σημάδι ότι έπρεπε να αποσυρθεί, γύρισε αργά το
κλειδί
Como señal de que debía retirarse, giró lentamente la llave.
Αυτό τον ξάφνιασε αμέσως, αν και σχεδόν κοιμόταν
Esto lo sobresaltó de inmediato, aunque estaba casi dormido.
και γύρισε βιαστικά κάτω από τον καναπέ
Y se apresuró a volver debajo del sofá.
Όμως του κόστισε μεγάλη αυτοκυριαρχία να μείνει
κάτω από τον καναπέ
Pero le costó mucho autocontrol quedarse debajo del sofá.
ακόμα κι αν ήταν λίγο μόνο που η αδερφή ήταν στο
δωμάτιο
Aunque solo fue un corto tiempo que la hermana estuvo en la
habitación
γιατί το σώμα του είχε γίνει λίγο στρογγυλεμένο από το
άφθονο φαγητό
Porque su cuerpo se había vuelto un poco redondeado por la
abundante comida.

και μετά βίας μπορούσε να αναπνεύσει εκεί στο στενό χώρο
y apenas podía respirar allí en el estrecho espacio
Με μικρές κρίσεις ασφυξίας, παρακολουθούσε με ελαφρώς φουσκωμένα μάτια
Con pequeños ataques de asfixia, observaba con ojos ligeramente saltones.
παρακολούθησε καθώς η ανυποψίαστη αδερφή έχυνε βιαστικά τα πάντα σε έναν κουβά με μια σκούπα
Observó cómo la hermana desprevenida vertía apresuradamente todo en un balde con una escoba.
όχι μόνο τα περισσεύματα, αλλά ακόμη και το φαγητό που ο Γκρέγκορ δεν είχε καν αγγίξει
No sólo las sobras, sino también la comida que Gregor ni siquiera había tocado.
σαν αυτά να μην ήταν πια χρησιμοποιήσιμα
Como si ya no fueran utilizables
και έκλεισε τα υπολείμματα με ένα ξύλινο καπάκι, μετά από το οποίο τα έβγαλε όλα
y cerró los restos con una tapa de madera, después de lo cual sacó todo.
Μόλις είχε γυρίσει όταν ο Γκρέγκορ τραβήχτηκε κάτω από τον καναπέ και τεντώθηκε και φουσκώθηκε
Apenas se había dado la vuelta cuando Gregor salió de debajo del sofá y se estiró y se hinchó.
Με αυτόν τον τρόπο ο Γκρέγκορ έπαιρνε το φαγητό του κάθε μέρα
De esta manera Gregorio recibía su comida todos los días.
μια φορά το πρωί, όταν οι γονείς και η υπηρέτρια κοιμόντουσαν ακόμη
Una mañana, cuando los padres y la criada todavía dormían.
τη δεύτερη φορά μετά το γενικό γεύμα
La segunda vez después del almuerzo general.
γιατί μετά κοιμήθηκαν λίγο και οι γονείς
porque luego los padres también durmieron un rato
και την υπηρέτρια την έστειλε η αδερφή για κάποια αποστολή

y la doncella fue enviada por la hermana a hacer algún recado

Σίγουρα δεν ήθελαν ο Γκρέγκορ να λιμοκτονήσει

Ciertamente no querían que Gregor muriera de hambre.

αλλά ίσως δεν μπορούσαν να αντέξουν να μάθουν
περισσότερα για το φαγητό του παρά με φήμες

Pero tal vez no hubieran podido soportar aprender más sobre su comida que de oídas.

ίσως η αδερφή ήθελε να τους γλιτώσει από μια ίσως
μικρή θλίψη

Tal vez la hermana quería ahorrarles un dolor quizás pequeño.

γιατί στην πραγματικότητα υπέφεραν αρκετά

porque en realidad sufrieron lo suficiente

Ο Γκρέγκορ δεν είχε κανέναν τρόπο να μάθει ποιες
δικαιολογίες είχαν χρησιμοποιήσει για να βγάλουν τον
γιατρό και τον κλειδαρά από το διαμέρισμα εκείνο το
πρώτο πρωί.

Gregor no tenía forma de saber qué excusas se habían utilizado para sacar al médico y al cerrajero del apartamento esa primera mañana.

επειδή δεν τον καταλάβαιναν κανείς, ούτε η αδερφή
του, δεν πίστευε ότι μπορούσε να καταλάβει τους
άλλους

porque no era comprendido, nadie, ni siquiera su hermana, pensaba que él podía entender a los demás

και έτσι, όταν η αδερφή βρισκόταν στο δωμάτιό του,
έπρεπε να αρκείται στο να ακούει μόνο πού και πού
τους αναστεναγμούς της

Y así, cuando la hermana estaba en su habitación, tenía que contentarse con oír sólo aquí y allá sus suspiros.

Μόνο αργότερα, όταν είχε συνηθίσει λίγο τα πάντα, ο
Γκρέγκορ έπιανε μερικές φορές μια παρατήρηση

Sólo más tarde, cuando ya se había acostumbrado un poco a todo, Gregor captó a veces una observación:

Φυσικά, δεν θα μπορούσε ποτέ να γίνει λόγος για
πλήρη εξοικείωση

Por supuesto, nunca podría hablarse de una habituación

completa.

μια παρατήρηση που εννοήθηκε με φιλικό τρόπο ή θα μπορούσε να ερμηνευθεί ως τέτοια

un comentario que se hizo de manera amistosa o que podría interpretarse como tal

Το απόλαυσε σήμερα, είπε όταν ο Γκρέγκορ καθάρισε το φαγητό

"Lo disfruté hoy", dijo cuando Gregor había limpiado la comida.

ενώ στην αντίθετη περίπτωση, που σταδιακά γινόταν όλο και πιο συχνή, έλεγε σχεδόν λυπημένη:

Mientras que en el caso contrario, que poco a poco se fue haciendo más frecuente, decía casi con tristeza:

«Τώρα όλο το φαγητό έχει μείνει ξανά όρθιο»

»Ahora toda la comida vuelve a quedar en pie«

Ενώ ο Γκρέγκορ δεν μπορούσε να ακούσει κανένα νέο απευθείας, άκουσε πολλά από τα διπλανά δωμάτια

Aunque Gregor no podía escuchar ninguna noticia directamente, escuchaba mucho de las habitaciones contiguas.

και μόλις άκουσε φωνές, έτρεξε αμέσως στην εν λόγω πόρτα και πίεσε πάνω της με όλο του το σώμα

Y tan pronto como oyó voces, corrió inmediatamente a la puerta en cuestión y se apretó contra ella con todo su cuerpo.

Ειδικά τις πρώτες μέρες, δεν υπήρχε συζήτηση που να μην ασχολείται με κάποιο τρόπο, έστω και κρυφά.

Especialmente en los primeros días, no había ninguna conversación que no tratara de él de alguna manera, aunque fuera en secreto.

Για δύο μέρες, σε κάθε γεύμα, ακούγονταν συζητήσεις για το πώς να συμπεριφερθεί τώρα

Durante dos días, en cada comida, se podían escuchar discusiones sobre cómo comportarse ahora.

αλλά και μεταξύ των γευμάτων συζητήθηκε το ίδιο θέμα

Pero también entre comidas se discutió el mismo tema.

γιατί υπήρχαν πάντα τουλάχιστον δύο μέλη της οικογένειας στο σπίτι

Porque siempre había al menos dos miembros de la familia en casa.

γιατί κανείς δεν ήθελε να μείνει μόνος στο σπίτι

Porque nadie quería quedarse solo en casa

και δεν μπορούσες να φύγεις εντελώς από το διαμέρισμα

y no pudiste salir del apartamento por completo

Την πρώτη κιόλας μέρα, η υπηρέτρια είχε παρακαλέσει τη μητέρα της γονατισμένη να την απολύσει αμέσως

El primer día, la criada le rogó de rodillas a su madre que la despidiera inmediatamente.

δεν ήταν απολύτως σαφές τι και πόσα ήξερε για αυτό που είχε συμβεί

No estaba del todo claro qué y cuánto sabía ella sobre lo que había sucedido.

και όταν την αποχαιρέτησε ένα τέταρτο αργότερα, ευχαρίστησε για την απελευθέρωση με δάκρυα

Y cuando se despidió un cuarto de hora después, agradeció la liberación con lágrimas.

ήταν σαν τη μεγαλύτερη χάρη που της είχαν δείξει εδώ

Fue como el mayor favor que le habían mostrado aquí.

και έδωσε, χωρίς να της ζητηθεί, έναν τρομερό όρκο να μην αποκαλύψει το παραμικρό σε κανέναν

y ella hizo, sin que se lo pidieran, un terrible juramento de no revelar la más mínima cosa a nadie.

Τώρα η αδερφή έπρεπε να μαγειρεύει μαζί με τη μητέρα της

Ahora la hermana tenía que cocinar junto con su madre.

Ωστόσο, αυτό δεν ήταν πολύ κόπο, γιατί δεν έφαγαν σχεδόν τίποτα

Sin embargo, esto no fue un gran problema, porque no comieron casi nada.

Ξανά και ξανά ο Γκρέγκορ άκουγε πώς το ένα άτομο ζητούσε από το άλλο να φάει μάταια και δεν έλαβε άλλη απάντηση

Gregorio escuchó una y otra vez cómo uno le pedía a otro que comiera en vano y no recibía otra respuesta.

«Ευχαριστώ, έχω αρκετά», ή κάτι παρόμοιο
«Gracias, ya tengo suficiente», o algo similar
Ίσως και να μην ήταν τίποτα μεθυσμένο
Quizás tampoco se bebió nada
Η αδερφή ρωτούσε συχνά τον πατέρα της αν ήθελε
μπύρα
La hermana a menudo le preguntaba a su padre si quería
cerveza.
και προσφέρθηκε με θέρμη να φέρει η ίδια την μπύρα
Y ella se ofreció calurosamente a ir a buscar la cerveza ella
misma.
και όταν ο πατέρας έμεινε σιωπηλός, είπε, για να του
αφαιρέσει κάθε αμφιβολία, ότι μπορούσε να στείλει και
την υπηρέτρια
y como el padre permanecía callado, ella dijo, para quitarle
cualquier duda, que también podía enviar a la criada.
αλλά μετά ο πατέρας είπε τελικά ένα μεγάλο "όχι"
Pero entonces el padre finalmente dijo un gran "No".
και δεν γινόταν πια λόγος
y ya no se habló de ello
Ήδη από την πρώτη μέρα, ο πατέρας εξήγησε όλη την
οικονομική κατάσταση και τις προοπτικές τόσο στη
μητέρα όσο και στην αδερφή
Ya durante el primer día, el padre explicó toda la situación
financiera y las perspectivas tanto a la madre como a la
hermana.
Κάθε τόσο σηκωνόταν από το τραπέζι και έπαιρνε από
το μικρό του ταμείο κάποια απόδειξη ή κάποιο βιβλίο
με σημειώσεις
De vez en cuando se levantaba de la mesa y sacaba algún
recibo o algún libro de notas de su pequeña caja registradora.
την ταμειακή μηχανή που είχε σώσει από την
κατάρρευση της επιχείρησής του πριν από πέντε χρόνια
La caja registradora que había salvado del colapso de su
negocio hace cinco años.
Θα μπορούσε κανείς να τον ακούσει να ξεκλειδώνει την
περίπλοκη κλειδαριά και μετά να την κλειδώνει ξανά

αφού έβγαλε το αντικείμενο
Se le podía escuchar desbloqueando la complicada cerradura y luego volviéndola a bloquear después de sacar el objeto.
Αυτές οι εξηγήσεις από τον πατέρα του ήταν εν μέρει τα πρώτα ευχάριστα πράγματα που είχε ακούσει ο Γκρέγκορ μετά τη φυλάκισή του
Estas explicaciones de su padre fueron en parte las primeras cosas agradables que Gregor había escuchado desde su encarcelamiento.
Είχε την άποψη ότι ο πατέρας του δεν είχε μείνει με τίποτα από αυτή την επιχείρηση
Había opinado que su padre no había quedado con nada de ese negocio.
τουλάχιστον ο πατέρας του δεν του είχε πει διαφορετικά
Al menos su padre no le había dicho lo contrario.
και ο Γκρέγκορ, ωστόσο, δεν τον είχε ρωτήσει γι' αυτό
Y Gregor, sin embargo, no le había preguntado sobre ello.
Η μόνη ανησυχία του Γκρέγκορ εκείνη την εποχή ήταν να κάνει ό,τι μπορούσε για να κάνει την οικογένεια να ξεχάσει την επιχειρηματική ατυχία όσο το δυνατόν γρηγορότερα
La única preocupación de Gregor en ese momento era hacer todo lo posible para que la familia olvidara la desgracia empresarial lo más rápido posible.
την επιχειρηματική ατυχία που είχε φέρει τους πάντες σε πλήρη απελπισία
La desgracia empresarial que había llevado a todos a la más absoluta desesperanza.
Κι έτσι είχε αρχίσει να δουλεύει με μια πολύ ιδιαίτερη φωτιά
Y así empezó a trabajar con un fuego muy especial.
και είχε γίνει ταξιδιώτης σχεδόν από τη μια μέρα στην άλλη από έναν μικρό υπάλληλο
y de un pequeño oficinista se había convertido en un viajero casi de la noche a la mañana.
Ως ταξιδιώτης είχε φυσικά εντελώς διαφορετικές ευκαιρίες να κερδίσει χρήματα

Como viajero, naturalmente tenía oportunidades
completamente diferentes de ganar dinero.

τα αποτελέσματα της εργασίας θα μπορούσαν αμέσως
να μετατραπούν σε μετρητά με τη μορφή προμήθειας

Los resultados del trabajo podrían convertirse inmediatamente
en efectivo en forma de comisión.

μπόρεσε να βάλει τα χρήματα στο τραπέζι της
έκπληκτης και ευτυχισμένης οικογένειας στο σπίτι

Pudo poner el dinero sobre la mesa de la asombrada y feliz
familia en casa.

Ήταν καλές εποχές

Aquellos eran buenos tiempos

ποτέ ξανά δεν είχαν επαναληφθεί αυτές οι όμορφες
στιγμές, τουλάχιστον σε αυτή τη μεγαλοπρέπεια

Nunca más se habían repetido estos hermosos tiempos, al
menos en este esplendor.

Οι άνθρωποι μόλις είχαν συνηθίσει σε αυτές τις καλές
στιγμές, τόσο η οικογένεια όσο και ο Γκρέγκορ

La gente ya se había acostumbrado a estos buenos tiempos,
tanto la familia como Gregor.

Τα χρήματα έγιναν δεκτά με ευγνωμοσύνη και τα
παρέδωσε με χαρά

El dinero fue aceptado con gratitud y él lo entregó con mucho
gusto.

αλλά μια ιδιαίτερη ζεστασιά δεν ήθελε πια να αναδυθεί

Pero un calor especial ya no quería surgir.

Μόνο η αδερφή του παρέμεινε κοντά στον Γκρέγκορ

Sólo su hermana permaneció cerca de Gregor.

Σε αντίθεση με τον Γκρέγκορ, της άρεσε πολύ η μουσική

A diferencia de Gregor, a ella le encantaba mucho la música.

και ήξερε να παίζει βιολί συγκινητικά

y sabía tocar el violín conmovedoramente

ήταν το μυστικό του σχέδιο να στείλει την αδερφή του
στο μουσικό σχολείο του χρόνου

Su plan secreto era enviar a su hermana a la escuela de música
el próximo año.

χωρίς να λαμβάνεται υπόψη το τεράστιο κόστος που θα

συνεπαγόταν αυτό
Sin tener en cuenta los enormes costes que ello implicaría
το κόστος που θα καλυπτόταν κατά κάποιο τρόπο με
άλλα μέσα
los costos que de alguna manera se cubrirían por otros medios
Κατά τη διάρκεια της σύντομης παραμονής του
Γκρέγκορ στην πόλη, το μουσικό σχολείο αναφέρθηκε
συχνά σε συνομιλίες με την αδερφή του
Durante las cortas estancias de Gregor en la ciudad, la escuela
de música se mencionaba a menudo en las conversaciones con
su hermana.
αλλά πάντα αναφέρονταν ως ένα όμορφο όνειρο, η
πραγματοποίηση του οποίου αποκλείονταν
Pero siempre se mencionó como un hermoso sueño, cuya
realización estaba fuera de cuestión.
και στους γονείς δεν άρεσε καν να ακούνε αυτές τις
αθώες αναφορές
Y a los padres ni siquiera les gustaba oír estas inocentes
menciones.
αλλά ο Γκρέγκορ το σκέφτηκε πολύ σταθερά και
σκόπευε να το διακηρύξει πανηγυρικά την παραμονή
των Χριστουγέννων
Pero Gregor pensó mucho en ello y quiso declararlo
solemnemente en la víspera de Navidad.
Τέτοιες σκέψεις, αρκετά άχρηστες στη σημερινή του
κατάσταση, περνούσαν από το κεφάλι του
Tales pensamientos, bastante inútiles en su estado actual,
pasaron por su cabeza.
ενώ στεκόταν εκεί στην πόρτα και άκουγε
Mientras él estaba allí en la puerta y escuchaba
Μερικές φορές δεν μπορούσε πλέον να ακούσει λόγω
γενικής κούρασης
A veces ya no podía escuchar por el cansancio general.
και άφησε το κεφάλι του να χτυπήσει απρόσεκτα την
πόρτα
y dejó que su cabeza golpeara la puerta sin cuidado
αλλά αμέσως κράτησε ξανά το κεφάλι του

pero inmediatamente volvió a sujetar su cabeza
γιατί ακόμα και ο μικρός θόρυβος που είχε προκαλέσει
ακούστηκε δίπλα
Porque incluso el pequeño ruido que había causado se
escuchó en la puerta de al lado.
και ο θόρυβος είχε σωπάσει τους πάντες
Y el ruido había silenciado a todos.
«Τι κάνει τώρα», είπε ο πατέρας μετά από λίγο,
γυρίζοντας προφανώς προς την πόρτα
«¿Qué está haciendo ahora?», dijo el padre después de un rato,
volviéndose obviamente hacia la puerta.
και μόνο τότε συνεχίστηκε σταδιακά η διακοπείσα
συνομιλία
Y sólo entonces la conversación interrumpida se reanudó
gradualmente.
Ο Γκρέγκορ έμαθε τώρα ότι παρ' όλη την ατυχία, μια
πολύ μικρή περιουσία από τα παλιά ήταν ακόμα εκεί
Gregor ahora se enteró de que a pesar de todas las desgracias,
todavía quedaba allí una pequeña fortuna de los viejos
tiempos.
γιατί ο πατέρας επαναλάμβανε συχνά τον εαυτό του
στις εξηγήσεις του:
Porque el padre se repetía a menudo en sus explicaciones:
εν μέρει επειδή ο ίδιος δεν είχε ασχοληθεί με αυτά τα
πράγματα για πολύ καιρό
En parte porque él mismo no se había ocupado de estas cosas
durante mucho tiempo.
εν μέρει επειδή η μητέρα δεν καταλάβαινε τα πάντα την
πρώτη φορά
En parte porque la madre no entendió todo la primera vez.
Στο μεταξύ, τα ανέπαφα επιτόκια είχαν αυξηθεί λίγο
Mientras tanto, los tipos de interés intactos habían aumentado
un poco.
Επιπλέον, τα χρήματα που έφερνε ο Γκρέγκορ στο σπίτι
κάθε μήνα δεν είχαν εξαντληθεί εντελώς
Además, el dinero que Gregor traía a casa cada mes no se
había gastado en su totalidad.

ο ίδιος είχε κρατήσει μόνο μερικά φιορίνια για τον
εαυτό του
Él mismo sólo se había quedado con unos pocos florines.
και τα χρήματα είχαν συσσωρευτεί σε ένα μικρό
κεφάλαιο
y el dinero se había acumulado en un pequeño capital
Ο Γκρέγκορ, πίσω από την πόρτα του, έγνεψε πρόθυμα,
ευχαριστημένος από αυτή την απροσδόκητη προσοχή
και λιτότητα
Gregor, detrás de su puerta, asintió con entusiasmo,
complacido por esta inesperada cautela y frugalidad.
Στην πραγματικότητα, θα μπορούσε να είχε
χρησιμοποιήσει αυτά τα πλεονάζοντα κεφάλαια για να
εξοφλήσει το χρέος του πατέρα του προς το αφεντικό
του
En realidad, podría haber utilizado estos fondos excedentes
para pagar la deuda de su padre con su jefe.
και η μέρα που θα μπορούσε να είχε ξεφορτωθεί εκείνη
τη θέση θα ήταν πολύ πιο κοντά
Y el día en que pudiera deshacerse de ese puesto habría estado
mucho más cerca.
αλλά τώρα ήταν αναμφίβολα καλύτερα όπως το είχε
κανονίσει ο πατέρας
Pero ahora sin duda era mejor como lo había dispuesto el
padre.
Αλλά αυτά τα χρήματα δεν ήταν αρκετά για να
αφήσουν την οικογένεια να ζήσει από τους τόκους
Pero este dinero no era suficiente para que la familia pudiera
vivir de los intereses.
ήταν ίσως αρκετό για να συντηρηθεί η οικογένεια για
ένα ή δύο χρόνια το πολύ, αλλά αυτό ήταν όλο
Tal vez fuera suficiente para mantener a la familia durante
uno o dos años como máximo, pero eso era todo.
Οπότε ήταν απλώς ένα ποσό που στην πραγματικότητα
δεν επιτρεπόταν να αγγίξει
Así que era simplemente una suma que en realidad no se
permitía tocar.

ένα ποσό που έπρεπε να διατεθεί για έκτακτες ανάγκες
una suma que debía reservarse para emergencias
Έπρεπε όμως να κερδίσεις χρήματα για να ζήσεις
Pero había que ganar el dinero para vivir.
Τώρα ο πατέρας ήταν ένας υγιής αλλά ηλικιωμένος που
δεν είχε δουλέψει για πέντε χρόνια
Ahora bien, el padre era un hombre sano pero anciano que no
había trabajado durante cinco años.
αλλά ένας γέρος που σίγουρα δεν είχε μεγάλη
εμπιστοσύνη στον εαυτό του
Pero un anciano que ciertamente no tenía mucha confianza en
sí mismo.
είχε βάλει πολύ λίπος σε αυτά τα πέντε χρόνια
Había engordado mucho en estos cinco años.
Ήταν οι πρώτες διακοπές της επίπονης και όμως
αποτυχημένης ζωής του
Fueron las primeras vacaciones de su ardua y sin embargo
infructuosa vida.
και είχε γίνει αρκετά αδέξιος
y se había vuelto bastante torpe
Και η γριά μητέρα θα έπρεπε τώρα να κερδίσει
χρήματα;
¿Y la anciana madre debería ahora quizás ganar dinero?
η γριά μητέρα που έπασχε από άσθμα;
¿La anciana madre que sufría de asma?
η βόλτα στο διαμέρισμα της προκάλεσε ήδη
καταπόνηση
El paseo por el apartamento ya le causó tensión.
η γριά μητέρα που περνούσε κάθε δεύτερη μέρα στον
καναπέ δίπλα στο ανοιχτό παράθυρο με δυσκολία στην
αναπνοή;
¿La anciana madre que pasaba todos los días en el sofá junto a
la ventana abierta con dificultad para respirar?
Και η αδερφή πρέπει να κερδίσει χρήματα;
¿Y la hermana debe ganar dinero?
η αδερφή που ήταν ακόμη παιδί στα δεκαεπτά του
La hermana que todavía era una niña a los diecisiete años.

ήξερε ότι ο προηγούμενος τρόπος ζωής της ήταν πολύ αξιοζήλευτος

Ella sabía que su forma de vida anterior era muy envidiable.

Ο προηγούμενος τρόπος ζωής της ήταν να ντύνεται όμορφα, να κοιμάται αργά και να βοηθάει στο σπίτι

Su forma de vida anterior consistía en vestirse bien, dormir hasta tarde y ayudar en la casa.

η αδερφή που είχε μόνο λίγες μέτριες απολαύσεις;

¿La hermana que sólo tuvo unos pocos placeres modestos?

η αδερφή που της άρεσε κυρίως να παίζει βιολί;

¿La hermana a quien le gustaba principalmente tocar el violín?

Όταν η συζήτηση στράφηκε σε αυτή την ανάγκη να κερδίσουμε χρήματα, ο Γκρέγκορ ήταν πάντα ο πρώτος που άφηνε την πόρτα

Cuando la conversación giraba en torno a esa necesidad de ganar dinero, Gregor siempre era el primero en abrir la puerta.

και πετάχτηκε στον δροσερό δερμάτινο καναπέ δίπλα στην πόρτα

y se dejó caer en el fresco sofá de cuero junto a la puerta.

γιατί ήταν ζεστός από ντροπή και θλίψη

porque estaba ardiendo de vergüenza y de dolor

Συχνά ξάπλωσε εκεί όλη τη νύχτα

A menudo se quedaba allí acostado toda la noche.

Δεν κοιμήθηκε ούτε στιγμή και απλώς γρατσουνιζόταν στο δέρμα για ώρες

No durmió ni un momento y se limitó a rascarse el cuero durante horas.

Ή δεν απέφυγε τη μεγάλη προσπάθεια να σπρώξει μια πολυθρόνα στο παράθυρο

O no rehuyó el gran esfuerzo de empujar un sillón hasta la ventana.

Ανέβηκε το περβάζι του παραθύρου και, στηριγμένος στην πολυθρόνα, ακούμπησε στο παράθυρο

Se arrastró hasta el alféizar de la ventana y, apoyado en el sillón, se apoyó contra la ventana.

Προφανώς απλώς για να βρω κάτι λυτρωτικό σε κάποια μνήμη

Aparentemente sólo para encontrar algo liberador en algún recuerdo.

το λυτρωτικό συναίσθημα που είχε προηγουμένως βρει κοιτάζοντας έξω από το παράθυρο

La sensación liberadora que había encontrado anteriormente al mirar por la ventana.

Στην πραγματικότητα, από μέρα σε μέρα έβλεπε πράγματα που ήταν έστω και λίγο μακριά όλο και πιο δυσδιάκριτα

De hecho, día tras día veía cosas que estaban incluso un poco lejanas cada vez más confusas.

το νοσοκομείο απέναντι, του οποίου το πολύ συχνό θέαμα είχε καταραστεί στο παρελθόν

El hospital de enfrente, cuya presencia tan frecuente había maldecido anteriormente.

δεν μπορούσε πια να δει το νοσοκομείο

Ya no podía ver el hospital

και αν δεν ήξερε ακριβώς ότι ζούσε στην ήσυχη αλλά εντελώς αστική Charlottenstrasse, θα μπορούσε να νόμιζε ότι κοίταζε από το παράθυρό του σε μια έρημη περιοχή

Y si no hubiera sabido exactamente que vivía en la tranquila pero completamente urbana Charlottenstrasse, podría haber pensado que estaba mirando por su ventana hacia una zona desierta.

μια ερημιά στην οποία ο γκρίζος ουρανός και η γκρίζα γη ενώθηκαν αδιάκριτα

Un páramo en el que el cielo gris y la tierra gris se fundían de manera indistinguible.

Μόνο δύο φορές η προσεκτική αδερφή παρατήρησε ότι η καρέκλα βρισκόταν δίπλα στο παράθυρο

Sólo dos veces la atenta hermana se dio cuenta de que la silla estaba junto a la ventana.

Αφού τακτοποίησε το δωμάτιο, έσπρωξε την καρέκλα πίσω στο παράθυρο

Después de ordenar la habitación, empujó la silla hacia la ventana.

και από εδώ και πέρα άφησε ακόμη και το εσωτερικό
φύλλο του παραθύρου ανοιχτό

Y desde entonces incluso dejó abierta la ventana interior.

Αν μπορούσε ο Γκρέγκορ να είχε μιλήσει στην αδερφή
του και να την ευχαριστούσε για όλα

Ojalá Gregor hubiera podido hablar con su hermana y
agradecerle por todo.

τότε θα είχε ανεχθεί πιο εύκολα τις υπηρεσίες τους

Entonces habría tolerado más fácilmente sus servicios.

αλλά όπως ήταν, μόνο υπέφερε από αυτό

Pero tal como estaban las cosas, él sólo sufrió por ello.

Η αδερφή, φυσικά, προσπάθησε να θολώσει την
αμηχανία του όλου πράγματος όσο το δυνατόν
περισσότερο

La hermana, por supuesto, intentó disimular lo más posible la
vergüenza de todo el asunto.

και όσο περνούσε ο καιρός τόσο καλύτερα πέτυχε
φυσικά

Y cuanto más tiempo pasaba, más éxito le daba, por supuesto.

αλλά και ο Γκρέγκορ είδε τα πάντα πολύ πιο καθαρά με
τον καιρό

Pero Gregor también vio todo mucho más claramente con el
tiempo.

Ακόμη και η είσοδός της στο δωμάτιό του ήταν
τρομερή για εκείνον

Incluso su entrada a su habitación fue terrible para él.

Μόλις μπήκε, έτρεξε κατευθείαν στο παράθυρο χωρίς
να προλάβει να κλείσει την πόρτα

Tan pronto como entró, corrió directamente a la ventana sin
tomarse el tiempo de cerrar la puerta.

όσο κι αν κατά τα άλλα φρόντιζε να γλιτώσει από τη
θέα του δωματίου του Γκρέγκορ

Por mucho que se preocupara de evitar que todos vieran la
habitación de Gregor.

και άνοιξε το παράθυρο με βιαστικά χέρια, σαν να ήταν
σχεδόν ασφυκτική

Y abrió la ventana con manos apresuradas, como si estuviera a punto de asfixiarse.

και έμεινε για λίγο στο παράθυρο, παρόλο που έκανε τόσο κρύο, και ανέπνευσε βαθιά

y se quedó un rato en la ventana, aunque hacía mucho frío, y respiró profundamente.

Με αυτό το τρέξιμο και τον θόρυβο τρόμαζε τον Γκρέγκορ δύο φορές την ημέρα

Con este correr y este ruido asustaba a Gregorio dos veces al día.

όλη την ώρα έτρεμε κάτω από τον καναπέ

Todo el tiempo estuvo temblando debajo del sofá.

και ήξερε πολύ καλά ότι σίγουρα θα τον είχε γλιτώσει ευχαρίστως

y él sabía muy bien que ella seguramente lo habría perdonado con mucho gusto.

αν μπορούσε να μείνει σε ένα δωμάτιο όπου ο Γκρέγκορ ήταν με το παράθυρο κλειστό

Ojalá hubiera podido quedarse en una habitación donde estaba Gregor con la ventana cerrada.

Μια φορά ήρθε λίγο νωρίτερα από το συνηθισμένο

Una vez llegó un poco antes de lo habitual.

Είχε περάσει μάλλον ένας μήνας από τη μεταμόρφωση του Γκρέγκορ

Probablemente había pasado un mes desde la transformación de Gregor.

και δεν υπήρχε πλέον κανένας ιδιαίτερος λόγος να εκπλήσσεται η αδερφή από την εμφάνιση του Γκρέγκορ

Y ya no había ningún motivo especial para que la hermana se sorprendiera por la aparición de Gregor.

και βρήκε τον Γκρέγκορ, ακίνητο και με τρομακτική διάθεση, να κοιτάζει έξω από το παράθυρο

Y encontró a Gregor, inmóvil y de un humor aterrador, mirando por la ventana.

Δεν θα ήταν απροσδόκητο για τον Γκρέγκορ αν δεν είχε μπει

No habría sido inesperado para Gregor si ella no hubiera entrado.

γιατί η θέση του την εμπόδιζε να ανοίξει αμέσως το
παράθυρο
porque su posición le impedía abrir la ventana
inmediatamente
αλλά όχι μόνο δεν μπήκε, αλλά έκανε πίσω και έκλεισε
την πόρτα
Pero no sólo no entró, sino que incluso retrocedió y cerró la
puerta.
ένας άγνωστος θα μπορούσε να σκεφτεί ότι ο Γκρέγκορ
την περίμενε και ήθελε να τη δαγκώσει
Un extraño podría haber pensado que Gregor la acechaba y
quería morderla.
Ο Γκρέγκορ φυσικά κρύφτηκε αμέσως κάτω από τον
καναπέ
Gregor, por supuesto, se escondió inmediatamente debajo del
sofá.
αλλά έπρεπε να περιμένει μέχρι το μεσημέρι πριν
επιστρέψει η αδερφή του
Pero tuvo que esperar hasta el mediodía antes de que su
hermana regresara.
και φαινόταν πολύ πιο ανήσυχη από ό,τι συνήθως
y parecía mucho más inquieta de lo habitual
Συνειδητοποίησε ότι η θέα του ήταν ακόμα αφόρητη
για εκείνη
Se dio cuenta de que verlo todavía era insoportable para ella.
και κατάλαβε επίσης ότι η θέα του θα της έμενε
αφόρητη
Y también se dio cuenta de que verlo seguiría siendo
insoportable para ella.
έπρεπε να ξεπεράσει τον εαυτό της για να μην ξεφύγει
από τη θέα έστω και ενός μικρού μέρους του σώματός
του
Ella tuvo que hacer un gran esfuerzo para no huir de la vista
de ni siquiera una pequeña parte de su cuerpo.
το θέαμα του κορμιού του να προεξέχει ελαφρώς από
τον καναπέ
La vista de su cuerpo sobresaliendo ligeramente del sofá.

Για να της γλιτώσει αυτό το θέαμα, μια μέρα κουβάλησε το σεντόνι στην πλάτη του στον καναπέ

Para ahorrarle ese espectáculo, un día llevó la sábana sobre su espalda hasta el sofá.

και τακτοποίησε το σεντόνι με τέτοιο τρόπο που ήταν πλέον τελείως κρυμμένος

y dispuso la sábana de tal manera que ahora estaba completamente oculto

ώστε η αδερφή, ακόμα κι αν έσκυβε, δεν μπορούσε να τον δει

de modo que la hermana, aunque se agachara, no pudiera verlo

Του πήρε τέσσερις ώρες για να ολοκληρώσει αυτό το έργο

Le tomó cuatro horas completar este trabajo.

Αν δεν πίστευε ότι αυτό το φύλλο ήταν απαραίτητο, θα μπορούσε να το είχε αφαιρέσει

Si no creyera que esta hoja era necesaria, podría haberla quitado.

Ήταν αρκετά ξεκάθαρο ότι δεν θα μπορούσε να είναι ευχαρίστηση του Γκρέγκορ να κλείνεται τόσο εντελώς στον εαυτό του

Estaba claro que Gregor no podía disfrutar encerrándose tan completamente en sí mismo.

αλλά άφησε το σεντόνι όπως ήταν

pero dejó la sábana como estaba

και ο Γκρέγκορ νόμιζε ότι είχε πιάσει ένα βλέμμα με ευγνωμοσύνη

Y Gregor incluso creyó haber captado una mirada agradecida.

όταν κάποτε σήκωσε απαλά το σεντόνι με το κεφάλι του

Cuando una vez levantó suavemente la sábana un poco con la cabeza

για να δει πώς αντέδρασε η αδερφή στη νέα ρύθμιση

para ver cómo reaccionó la hermana al nuevo arreglo

Τις πρώτες δεκατέσσερις μέρες, οι γονείς δεν μπορούσαν να μπουν να τον δουν

Durante los primeros catorce días, los padres no pudieron animarse a venir a verlo.

και συχνά τους άκουγε να αναγνωρίζουν πλήρως το τρέχον έργο της αδερφής

y a menudo los escuchaba reconocer plenamente el trabajo actual de la hermana.

παρόλο που είχαν ενοχληθεί συχνά με την αδερφή τους

A pesar de que a menudo se habían enfadado con su hermana.

γιατί τους είχε φανεί ένα κάπως άχρηστο κορίτσι

porque les había parecido una muchacha algo inútil

Αλλά τώρα τόσο ο πατέρας όσο και η μητέρα περίμεναν συχνά έξω από το δωμάτιο του Γκρέγκορ

Pero ahora tanto el padre como la madre esperaban a menudo fuera de la habitación de Gregor.

ενώ η αδερφή καθάριζε

Mientras la hermana estaba limpiando

και μόλις βγήκε, έπρεπε να πει πώς ακριβώς έμοιαζε το δωμάτιο

Y tan pronto como salió, tuvo que decir exactamente cómo era la habitación.

«Τι έφαγε ο Γκρέγκορ;»

»¿Qué comió Gregorio?«

«Πώς συμπεριφέρθηκε αυτή τη φορά;»

»¿Cómo se comportó esta vez?»

«Υπήρξε ίσως μια μικρή βελτίωση που έπρεπε να παρατηρηθεί;»

«¿Quizás se notó una ligera mejoría?»

Η μητέρα, παρεμπιπτόντως, ήθελε να επισκεφτεί τον Γκρέγκορ σχετικά σύντομα

Por cierto, la madre quería visitar a Gregor relativamente pronto.

αλλά ο πατέρας και η αδερφή της την κράτησαν αρχικά με λογικούς λόγους

Pero su padre y su hermana inicialmente la frenaron con razones racionales.

λόγους τους οποίους ο Γκρέγκορ άκουσε με μεγάλη προσοχή και τους οποίους ενέκρινε πλήρως

Razones que Gregor escuchó con mucha atención y que aprobó plenamente.

Αργότερα, όμως, έπρεπε να συγκρατηθούν με τη βία
Más tarde, sin embargo, tuvieron que ser retenidos por la fuerza.

«Αφήστε με να πάω στον Γκρέγκορ, είναι ο δύστυχος γιος μου!»
«¡Déjame ir con Gregor, es mi desdichado hijo!»

Δεν καταλαβαίνεις ότι πρέπει να πάω σε αυτόν;
¿No entiendes que tengo que ir a verlo?

τότε ο Γκρέγκορ σκέφτηκε ότι ίσως θα ήταν καλό να έμπαινε η μητέρα του
Entonces Gregor pensó que quizás sería bueno que su madre viniera.

όχι κάθε μέρα φυσικά, αλλά ίσως μια φορά την εβδομάδα
No todos los días, por supuesto, pero quizás una vez a la semana.

καταλάβαινε τα πάντα πολύ καλύτερα από την αδερφή της
Ella entendía todo mucho mejor que su hermana.

την αδερφή που παρ' όλο της το θάρρος ήταν ακόμα παιδί
La hermana que, a pesar de todo su coraje, era todavía sólo una niña.

και σε τελική ανάλυση μπορεί να ανέλαβε ένα τόσο δύσκολο έργο μόνο από παιδική απερισκεψία
y, en última instancia, es posible que haya asumido una tarea tan difícil sólo por imprudencia infantil.

Η επιθυμία του Γκρέγκορ να δει τη μητέρα του σύντομα έγινε πραγματικότητα
El deseo de Gregor de ver a su madre pronto se hizo realidad.

Κατά τη διάρκεια της ημέρας, ο Γκρέγκορ δεν ήθελε να εμφανιστεί στο παράθυρο από σεβασμό για τους γονείς του
Durante el día, Gregor no quería asomarse a la ventana por consideración a sus padres.

Δεν μπορούσε να σέρνεται πολύ στα λίγα τετραγωνικά μέτρα του δαπέδου

No podía arrastrarse mucho por los pocos metros cuadrados de suelo.

Δυσκολευόταν να μείνει ακίνητος κατά τη διάρκεια της νύχτας

Le resultaba difícil permanecer quieto durante la noche.

Το φαγητό δεν του έδινε πλέον την παραμικρή ευχαρίστηση

Comer ya no le producía el más mínimo placer.

και έτσι, για να αποσπάσει την προσοχή του, άρχισε τη συνήθεια να σέρνεται πέρα δώθε σε τοίχους και ταβάνια

Y así, para distraerse, tomó la costumbre de arrastrarse de un lado a otro por las paredes y los techos.

Του άρεσε ιδιαίτερα να κρεμάει το τηλέφωνο στο ταβάνι

Le gustaba especialmente colgarlo en el techo.

ήταν τελείως διαφορετικό από το να ξαπλώνεις στο πάτωμα

Fue completamente diferente a estar tirado en el suelo.

ανέπνεες πιο ελεύθερα. μια ελαφριά δόνηση πέρασε από το σώμα σου

Respiraste más libremente; una ligera vibración recorrió tu cuerpo.

και στον σχεδόν χαρούμενο περισπασμό στον οποίο βρέθηκε ο Γκρέγκορ εκεί πάνω, θα μπορούσε, προς δική του έκπληξη, να αφεθεί και να χτυπήσει στο έδαφος

Y en la casi feliz distracción en la que se encontraba Gregor allí arriba, podía suceder que, para su propia sorpresa, se soltara y cayera al suelo.

Αλλά τώρα, φυσικά, είχε τον έλεγχο του σώματός του με έναν εντελώς διαφορετικό τρόπο από πριν

Pero ahora, por supuesto, tenía control sobre su cuerpo de una manera completamente diferente a la anterior.

και δεν χάλασε τον εαυτό του σε μια τόσο μεγάλη πτώση

y no se hizo daño en una caída tan fuerte

Η αδερφή παρατήρησε αμέσως τη νέα διασκέδαση που

είχε βρει ο Γκρέγκορ για τον εαυτό του
La hermana se dio cuenta inmediatamente del nuevo
entretenimiento que Gregor había encontrado para sí mismo.
Άφησε επίσης ίχνη από την κόλλα του που και που
καθώς σέρνονταν
También dejó rastros de su adhesivo aquí y allá mientras se
arrastraba.
και μετά το πήρε στο κεφάλι της για να επιτρέψει στον
Γκρέγκορ να σέρνεται στο μέγιστο βαθμό
Y entonces se le metió en la cabeza permitir que Gregor
pudiera gatear lo máximo posible.
και αποφάσισε να αφαιρέσει τα έπιπλα που εμπόδιζαν
τις κινήσεις του
y decidió quitar los muebles que impedían sus movimientos
ειδικά το κουτί και το γραφείο
especialmente la caja y el escritorio
Αλλά φυσικά δεν μπορούσε να το κάνει μόνη της
Pero por supuesto, ella no podía hacerlo sola.
Δεν τόλμησε να ζητήσει βοήθεια από τον πατέρα της
Ella no se atrevió a pedirle ayuda a su padre.
η υπηρέτρια σίγουρα δεν θα τη βοηθούσε
La criada seguramente no la habría ayudado.
γιατί αυτό το κορίτσι, περίπου δεκαέξι ετών, δούλευε
γενναία από την απόλυση του πρώην μάγειρα
porque esta muchacha, de unos dieciséis años, había estado
trabajando valientemente desde el despido del ex cocinero
αλλά είχε ζητήσει το προνόμιο να της επιτραπεί να
κρατά την κουζίνα πάντα κλειδωμένη
Pero ella había pedido el privilegio de que se le permitiera
mantener la cocina cerrada en todo momento.
και ζήτησε να ανοίξει μόνο σε ειδική κλήση
y pidió abrir solo en llamadas especiales
Έτσι η αδερφή δεν είχε άλλη επιλογή από το να φέρει
τη μητέρα της ερήμην του πατέρα της
Así que la hermana no tuvo más remedio que ir a buscar a su
madre en ausencia de su padre.
Με κραυγές ενθουσιασμένης χαράς ήρθε και η μητέρα

Con gritos de emocionada alegría llegó también la madre.

αλλά σώπασε στην πόρτα του δωματίου του Γκρέγκορ

Pero ella se quedó en silencio en la puerta de la habitación de Gregor.

Πρώτα, φυσικά, η αδερφή έλεγξε αν όλα στο δωμάτιο ήταν εντάξει

Primero, por supuesto, la hermana comprobó que todo en la habitación estaba bien.

μόνο τότε άφησε τη μητέρα της να μπει

Sólo entonces dejó entrar a su madre.

Ο Γκρέγκορ είχε τραβήξει βιαστικά το σεντόνι πιο βαθιά και σε περισσότερες πτυχές

Gregor había tirado apresuradamente de la sábana más profundamente y en más pliegues.

το όλο πράγμα έμοιαζε πραγματικά με ένα σεντόνι πεταμένο τυχαία πάνω από τον καναπέ

Todo esto realmente parecía una sábana tirada al azar sobre el sofá.

Ο Γκρέγκορ επίσης απέφυγε να κατασκοπεύσει κάτω από το σεντόνι

Gregor también se abstuvo de espiar bajo la sábana.

αποφάσισε να μην δει τη μητέρα του αυτή τη φορά

decidió no ver a su madre esta vez

και απλώς χάρηκε που είχε έρθει τελικά

Y él estaba contento de que ella hubiera venido después de todo.

Έλα, δεν μπορείς να τον δεις, είπε η αδερφή

Vamos, no puedes verlo, dijo la hermana.

και προφανώς οδήγησε τη μητέρα της από το χέρι

y aparentemente llevaba a su madre de la mano

Ο Γκρέγκορ άκουσε τώρα τις δύο αδύναμες γυναίκες να μετακινούν το βαρύ παλιό κουτί από τη θέση του

Gregor ahora oyó a las dos débiles mujeres mover la vieja y pesada caja de su lugar.

και άκουσε πώς η αδερφή διεκδικούσε πάντα το μεγαλύτερο μέρος της δουλειάς για τον εαυτό της

y escuchó cómo la hermana siempre reclamaba la mayor parte

del trabajo para ella.

το έκανε αυτό χωρίς να ακούσει τις προειδοποιήσεις της
μητέρας της, η οποία φοβόταν ότι θα υπερασκούσε τον
εαυτό της

Ella hizo esto sin escuchar las advertencias de su madre, quien
temía que se esforzara demasiado.

Χρειάστηκε πολύς χρόνος

Tomó mucho tiempo

Μετά από περίπου δεκαπέντε λεπτά δουλειάς, η μητέρα
είπε ότι θα ήταν καλύτερα να αφήσει το κουτί εδώ

Después de unos quince minutos de trabajo, la madre dijo que
sería mejor dejar la caja aquí.

γιατί πρώτα το κουτί είναι πολύ βαρύ

Porque en primer lugar la caja es demasiado pesada.

δεν θα τελείωναν πριν φτάσει ο πατέρας

No terminarían antes de que llegara el padre.

και θα χρησιμοποιούσαν το κουτί στη μέση του
δωματίου για να μπλοκάρουν κάθε μονοπάτι του
Γκρέγκορ

Y usarían la caja en el medio de la habitación para bloquear
todos los caminos de Gregor.

Δεύτερον, δεν είναι καθόλου σίγουρο ότι ο Γκρέγκορ
έκανε χάρη στον εαυτό του αφαιρώντας τα έπιπλα

En segundo lugar, no es del todo seguro que Gregor se hiciera
un favor a sí mismo al retirar los muebles.

Το αντίθετο φαίνεται να συμβαίνει

Parece que ocurre lo contrario.

Το θέαμα του άδειου τοίχου σχεδόν βάραινε την καρδιά
της

La visión de la pared vacía casi le pesaba en el corazón.

και γιατί να μην έχει και ο Γκρέγκορ αυτό το
συναίσθημα;

¿Y por qué no debería Gregor tener también este sentimiento?

αφού έχει ήδη συνηθίσει τα έπιπλα του δωματίου και
ως εκ τούτου θα νιώθει εγκαταλελειμμένος στο άδειο
δωμάτιο

ya que ya está acostumbrado a los muebles de la habitación y

por lo tanto se sentirá abandonado en la habitación vacía
«Και δεν είναι έτσι», κατέληξε η μητέρα πολύ ήσυχα,
καθώς σχεδόν ψιθύρισε
-¿Y no es así? -concluyó la madre en voz muy baja, casi
susurrando-.
σαν να ήθελε να αποφύγει τον Γκρέγκορ, του οποίου δεν
ήξερε που ακριβώς βρισκόταν, ακόμη και στο άκουσμα
της φωνής
Como si quisiera evitar a Gregor, cuyo paradero exacto no
conocía, ni siquiera oyendo el sonido de la voz.
γιατί ήταν πεπεισμένη ότι δεν καταλάβαινε τις λέξεις
porque estaba convencida de que él no entendía las palabras
Και δεν είναι λες και, αφαιρώντας τα έπιπλα, δείχναμε
ότι εγκαταλείπαμε κάθε ελπίδα βελτίωσης;
¿Y no es como si al quitar los muebles estuviéramos
demostrando que renunciamos a toda esperanza de mejora?
«Δεν φαίνεται σαν να τον αφήνουμε απερίσκεπτα στην
τύχη του;»
»¿No te parece como si estuviéramos dejándolo librado a sus
propios recursos de manera imprudente?
«Πιστεύω ότι θα ήταν καλύτερο να προσπαθούσαμε να
διατηρήσουμε το δωμάτιο ακριβώς όπως ήταν πριν»
»Creo que lo mejor sería que intentáramos mantener la
habitación exactamente como estaba antes«
«έτσι ώστε όταν ο Γκρέγκορ επιστρέψει κοντά μας, θα
τα βρει όλα αναλλοίωτα»
»Para que cuando Gregorio regrese con nosotros, encuentre
todo igual.»
«για να μπορεί να ξεχάσει ακόμα πιο εύκολα την
ενδιάμεση περίοδο»
»para que pueda olvidar más fácilmente el período
intermedio«
Όταν ο Γκρέγκορ άκουσε αυτά τα λόγια από τη μητέρα
του, κατάλαβε κάτι
Cuando Gregor escuchó estas palabras de su madre, se dio
cuenta de algo.
Κατά τη διάρκεια αυτών των δύο μηνών το μυαλό του

είχε μπερδευτεί
En el transcurso de estos dos meses su mente se había vuelto confusa.
η έλλειψη οποιασδήποτε άμεσης ανθρώπινης επαφής
la falta de cualquier contacto humano directo
συνδέεται με τη μονότονη ζωή στη μέση της οικογένειας
asociado a la vida monótona en el seno de la familia
γιατί δεν μπορούσε διαφορετικά να εξηγήσει πώς θα μπορούσε να είχε σοβαρά απαιτήσει να αδειάσει το δωμάτιό του
Porque de otra manera no podía explicar cómo pudo haber exigido seriamente que se vaciara su habitación.
Ήθελε πραγματικά να μετατραπεί σε σπήλαιο το ζεστό δωμάτιο, άνετα επιπλωμένο με κληρονομικά έπιπλα;
¿Realmente quería que aquella cálida habitación, cómodamente amueblada con muebles heredados, se convirtiera en una cueva?
μια σπηλιά στην οποία μπορούσε να σέρνεται προς όλες τις κατευθύνσεις ανενόχλητος
Una cueva en la que podía arrastrarse en todas direcciones sin ser molestado.
αλλά αυτό υπό την ταυτόχρονη, γρήγορη, πλήρη λήθη του ανθρώπινου παρελθόντος του
Pero esto bajo un olvido simultáneo, rápido y completo de su pasado humano.
Ήταν ήδη κοντά στο να ξεχάσει;
¿Estaba ya cerca de olvidar?
μόνο η φωνή της μητέρας του, που δεν είχε ακούσει για πολύ καιρό, τον είχε ταρακουνήσει
Sólo la voz de su madre, que hacía tiempo que no oía, lo había sacudido.
Τίποτα δεν έπρεπε να αφαιρεθεί, όλα έπρεπε να μείνουν
No se debía quitar nada, todo debía permanecer.
Δεν μπορούσε χωρίς τις θετικές επιπτώσεις των επίπλων στην κατάστασή του
No podía prescindir de los efectos positivos que los muebles

tenían sobre su estado.

και αν τα έπιπλα τον εμπόδιζαν να κάνει το παράλογο
να σέρνεται, δεν ήταν κακό

Y si los muebles le impedían arrastrarse sin sentido, no había problema.

αντίθετα ήταν μεγάλο πλεονέκτημα

En cambio, fue una gran ventaja

Αλλά δυστυχώς η αδερφή είχε διαφορετική άποψη

Pero lamentablemente la hermana tenía una opinión diferente.

είχε συνηθίσει να ενεργεί ως ειδικός όταν συζητούσε τις
επιθυμίες του Γκρέγκορ με τους γονείς του

Ella había adquirido el hábito de actuar como una experta
especial cuando discutía los deseos de Gregor con sus padres.

Ωστόσο, δεν ήταν εντελώς αδικαιολόγητο εδώ

Sin embargo, aquí no estaba del todo injustificado.

και έτσι τώρα η συμβουλή της μητέρας ήταν αρκετός
λόγος για να επιμείνει η αδερφή στην απομάκρυνση

Y ahora el consejo de la madre era razón suficiente para que la
hermana insistiera en la remoción.

αλλά όχι μόνο η αφαίρεση του κουτιού και του
γραφείου, αλλά και όλων των επίπλων

pero no solo el retiro de la caja y el escritorio, sino también
todos los muebles

με εξαίρεση τον απαραίτητο καναπέ

con excepción del indispensable sofá

Φυσικά, δεν ήταν μόνο μια παιδική περιφρόνηση που
την έκανε να κάνει αυτή την απαίτηση

Por supuesto, no fue sólo un desafío infantil lo que la llevó a
hacer esta demanda.

Δεν ήταν ούτε η αυτοπεποίθησή της που απέκτησε
πρόσφατα, τόσο απροσδόκητη και δύσκολα
κερδισμένη

No fue su confianza en sí misma recientemente adquirida, tan
inesperada y difícil de conseguir.

είχε πραγματικά παρατηρήσει ότι ο Γκρέγκορ
χρειαζόταν πολύ χώρο για να μπουσουλήσει

De hecho, había observado que Gregor necesitaba mucho

espacio para gatear.

Από την άλλη, τα έπιπλα, από όσο μπορούσε κανείς να δει, δεν ήταν στο ελάχιστο αξιοποιήσιμο

Por otra parte, los muebles, hasta donde se podía ver, no eran en absoluto utilizables.

Ίσως όμως έπαιξε ρόλο και το ρομαντικό πνεύμα των κοριτσιών της ηλικίας της

Pero quizás el espíritu romántico de las chicas de su edad también jugó un papel.

η επιθυμία που αναζητά ικανοποίηση σε κάθε ευκαιρία για να κάνει την κατάσταση του Γκρέγκορ ακόμα πιο τρομακτική

El deseo que busca satisfacción en cada oportunidad para hacer aún más aterradora la situación de Gregor.

για να μπορέσει να κάνει για εκείνον ακόμη περισσότερα από όσα είχε κάνει μέχρι τώρα

para poder hacer aún más por él de lo que había hecho hasta ahora

το ενθουσιώδες πνεύμα μέσω του οποίου η Γκρέτε επέτρεψε τώρα στον εαυτό της να παρασυρθεί

El espíritu entusiasta con el que Grete ahora se dejó seducir

Γιατί σε ένα δωμάτιο όπου ο Γκρέγκορ μόνος του δέσποζε στους άδειους τοίχους, κανείς εκτός από την Γκρέτε δεν θα τολμούσε ποτέ να μπει

Porque en una habitación donde sólo Gregor dominaba las paredes vacías, nadie excepto Grete se atrevería a entrar.

Και έτσι δεν άφησε τη μητέρα της να την αποτρέψει από την απόφασή της

Y así no dejó que su madre la disuadiera de su decisión.

Λοιπόν, ο Γκρέγκορ μπορούσε ακόμα να κάνει χωρίς το κουτί σε περίπτωση έκτακτης ανάγκης

Bueno, Gregor todavía podría prescindir de la caja en caso de emergencia.

αλλά το γραφείο έπρεπε να μείνει

pero el escritorio tuvo que quedarse

Και οι γυναίκες μόλις είχαν βγει από το δωμάτιο με το κουτί όταν ο Γκρέγκορ έβγαλε το κεφάλι του κάτω από

τον καναπέ

Y apenas las mujeres habían salido de la habitación con la caja cuando Gregor asomó la cabeza por debajo del sofá.

για να δει πώς θα μπορούσε να επέμβει προσεκτικά και όσο πιο προσεκτικά γινόταν

para ver cómo podría intervenir con el mayor cuidado y consideración posible

Αλλά δυστυχώς ήταν η μητέρα που επέστρεψε πρώτη

Pero desafortunadamente fue la madre quien regresó primero.

ενώ η Γκρέτ κρατούσε το κουτί στο διπλανό δωμάτιο

Mientras Grete sostenía la caja en la habitación de al lado.

Κούνησε μόνη της το κουτί πέρα δώθε, χωρίς φυσικά να το κουνήσει από τη θέση του

Ella balanceaba la caja de un lado a otro sola, sin moverla de su lugar, por supuesto.

Αλλά η μητέρα δεν είχε συνηθίσει να βλέπει τον Γκρέγκορ, θα μπορούσε να την είχε αρρωστήσει

Pero la madre no estaba acostumbrada a ver a Gregor, podría haberla enfermado.

κι έτσι ο Γκρέγκορ όρμησε προς τα πίσω, φοβισμένος, στην άλλη άκρη του καναπέ

Y entonces Gregor, asustado, corrió hacia atrás hasta el otro extremo del sofá.

αλλά δεν μπορούσε πια να εμποδίσει το σεντόνι να κινηθεί λίγο μπροστά

Pero ya no pudo evitar que la sábana se moviera un poco hacia delante.

Αυτό ήταν αρκετό για να τραβήξει την προσοχή της μητέρας

Eso fue suficiente para llamar la atención de la madre.

Έκανε μια παύση, έμεινε ακίνητη για μια στιγμή και μετά επέστρεψε στην Γκρέτε

Ella hizo una pausa, se quedó quieta por un momento y luego regresó con Grete.

Ο Γκρέγκορ έλεγε στον εαυτό του ότι δεν συνέβαινε τίποτα ασυνήθιστο

Gregor se repetía una y otra vez que no estaba sucediendo

nada inusual.

Είναι μόνο μερικά έπιπλα που έχουν μετακινηθεί

Son solo algunos muebles que se han movido.

αλλά σύντομα έπρεπε να παραδεχτεί ότι πράγματι τον επηρέασε

Pero pronto tuvo que admitir que sí le afectaba.

αυτό το περπάτημα των γυναικών, τις μικρές τους κλήσεις, το ξύσιμο των επίπλων στο πάτωμα

Este ir y venir de las mujeres, sus pequeños llamados, el rasguño de los muebles en el suelo.

σαν μια μεγάλη αναταραχή που τροφοδοτείται από όλες τις πλευρές

como una gran agitación alimentada por todos lados

τράβηξε το κεφάλι και τα πόδια του προς το μέρος του όσο πιο σφιχτά μπορούσε

Tiró de su cabeza y piernas hacia él tan fuerte como pudo.

και πίεσε το σώμα στο έδαφος

y presionó el cuerpo contra el suelo

και αναπόφευκτα είπε στον εαυτό του ότι δεν θα μπορούσε να το αντέξει για πολύ

Y, inevitablemente, se dijo a sí mismo que no podría soportar esto por mucho tiempo.

Καθάρισαν το δωμάτιό του και πήραν ό,τι αγαπούσε

Vaciaron su habitación y se llevaron todo lo que amaba.

Είχαν ήδη τοποθετήσει το κουτί που περιείχε τη σέγα και άλλα εργαλεία

Ya habían sacado la caja que contenía la sierra caladora y otras herramientas.

Λύσαν τώρα το γραφείο που ήταν ήδη χωμένο στο έδαφος

Ahora aflojaron el escritorio que ya estaba firmemente enterrado en el suelo.

το γραφείο στο οποίο είχε γράψει τις εργασίες του ως πτυχιούχος επιχειρήσεων και ως φοιτητής

El escritorio en el que había escrito sus tareas como licenciado en empresariales y como estudiante.

ναι, ακόμα και ως μαθητής δημοτικού δούλευε σε αυτό

το θρανίο
Sí, incluso cuando era estudiante de primaria trabajó en este escritorio.

πραγματικά δεν είχε χρόνο να ελέγξει τις καλές προθέσεις
Realmente no tuvo tiempo de comprobar las buenas intenciones.

παρά το γεγονός ότι οι δύο γυναίκες είχαν πραγματικά καλές προθέσεις
A pesar de que las dos mujeres realmente tenían buenas intenciones.

Είχε σχεδόν ξεχάσει την ύπαρξή τους
Casi había olvidado su existencia.

γιατί δούλευαν ήδη σιωπηλά από την εξάντληση
Porque ya estaban trabajando en silencio por el cansancio.

και άκουγε κανείς μόνο το δυνατό χτύπημα των ποδιών τους
y solo se podía escuchar el fuerte golpeteo de sus pies

Και έτσι ξεκίνησε
Y así estalló

οι γυναίκες ήταν ακουμπισμένες στο γραφείο του διπλανού δωματίου για να πάρουν ανάσα
Las mujeres se apoyaban en el escritorio de la habitación contigua para recuperar el aliento.

άλλαξε την κατεύθυνση του τρεξίματός του τέσσερις φορές
Cambió la dirección de su carrera cuatro veces

πραγματικά δεν ήξερε τι να πρωτοσώσει
Realmente no sabía qué salvar primero

εκεί είδε τη φωτογραφία της κυρίας ντυμένης με γούνες να κρέμεται εμφανώς στον κατά τα άλλα άδειο τοίχο
Allí vio el retrato de la dama vestida con pieles colgado llamativamente en la pared por lo demás vacía.

σύρθηκε γρήγορα και πίεσε τον εαυτό του πάνω στο τζάμι
Se arrastró rápidamente y se apretó contra el cristal.

το ποτήρι που τον κρατούσε και παρηγόρησε την καυτή

κοιλιά του

El vaso que lo sostenía y reconfortaba su vientre caliente.

Αυτή η εικόνα, τουλάχιστον, που ο Γκρέγκορ κάλυψε τώρα πλήρως, σίγουρα δεν θα αφαιρούνταν

Al menos este cuadro, que Gregor había tapado por completo, seguramente no sería quitado.

Γύρισε το κεφάλι του προς την πόρτα του σαλονιού για να δει τις γυναίκες να επιστρέφουν

Giró la cabeza hacia la puerta de la sala de estar para ver a las mujeres regresar.

Δεν είχαν αφήσει στον εαυτό τους πολλή ξεκούραση και επέστρεψαν

No se habían permitido mucho descanso y regresaron.

Η Γκρέτε είχε βάλει το χέρι της γύρω από τη μητέρα της και σχεδόν την κουβαλούσε

Grete había puesto su brazo alrededor de su madre y casi la estaba cargando.

«Λοιπόν, τι να πάρουμε τώρα;» είπε η Γκρέτε και κοίταξε τριγύρω

«¿Qué nos llevamos ahora?», dijo Grete y miró a su alrededor.

Τότε τα μάτια της συνάντησαν τα μάτια του Γκρέγκορ στον τοίχο

Entonces sus ojos se encontraron con los de Gregor en la pared.

Μάλλον μόνο λόγω της παρουσίας της μητέρας της κράτησε την ψυχραιμία της

Probablemente fue solo debido a la presencia de su madre que mantuvo la compostura.

έσκυψε το πρόσωπό της προς τη μητέρα της για να την εμποδίσει να κοιτάξει γύρω της

Inclinó la cara hacia su madre para evitar que mirara a su alrededor.

και είπε, αν και τρέμουσα και απερίσκεπτη:

Y ella dijo, aunque temblorosa y desconsiderada:

Έλα, δεν πρέπει να επιστρέψουμε για μια στιγμή στο σαλόνι;

Vamos, ¿no deberíamos volver a la sala de estar por un

momento?

Η πρόθεση της Γκρέτε ήταν ξεκάθαρη στον Γκρέγκορ
La intención de Grete estaba clara para Gregor.

ήθελε να φέρει τη μητέρα της στην ασφάλεια
Ella quería poner a su madre a salvo.

και μετά ήθελε να τον διώξει από τον τοίχο
Y luego ella quiso perseguirlo desde la pared.

Λοιπόν, τουλάχιστον θα μπορούσε να προσπαθήσει!
Bueno, ¡al menos podría intentarlo!

Κάθισε πάνω στη φωτογραφία του και δεν την παράτησε
Se sentó sobre su foto y no la abandonó.

Θα προτιμούσε να πηδήξει στα μούτρα της Γκρέτε
Preferiría saltarle en la cara a Grete.

Όμως τα λόγια της Γκρέτε είχαν ανησυχήσει ακόμη περισσότερο τη μητέρα της
Pero las palabras de Grete preocuparon aún más a su madre.

παραμέρισε και είδε τον τεράστιο καφέ λεκέ στην ανθισμένη ταπετσαρία
Ella se hizo a un lado y vio la enorme mancha marrón en el papel tapiz floreado.

Πριν καν το καταλάβει, φώναξε ότι ήταν ο Γκρέγκορ
Antes de darse cuenta, gritó que era Gregor.

με μια κραυγή, βραχνή φωνή: «Ω Θεέ, ω Θεέ!»
con voz ronca y chillona: "¡Oh Dios, oh Dios!"

και έπεσε με απλωμένα τα χέρια, σαν να τα παρατούσε όλα, πάνω από τον καναπέ
y cayó con los brazos abiertos, como si lo entregara todo, sobre el sofá.

και μετά δεν κουνήθηκε
Y luego ella no se movió

«Εσύ, Γκρέγκορ!» φώναξε η αδερφή με υψωμένη γροθιά και διαπεραστικά βλέμματα
—¡Tú, Gregor! —gritó la hermana con el puño en alto y una mirada penetrante.

Αυτά ήταν τα πρώτα λόγια που του είχε πει απευθείας μετά τη μεταμόρφωση

Éstas fueron las primeras palabras que le había dicho directamente desde la transformación.

Έτρεξε στο διπλανό δωμάτιο για να πάρει κάποια ουσία με την οποία θα μπορούσε να ξυπνήσει τη μητέρα της από τις αισθήσεις της

Corrió a la habitación de al lado para conseguir alguna esencia con la que pudiera despertar a su madre de su inconsciencia.

Ο Γκρέγκορ ήθελε επίσης να βοηθήσει

Gregor también quería ayudar.

Υπήρχε ακόμη χρόνος για αποθήκευση της φωτογραφίας

Todavía había tiempo para salvar la imagen.

αλλά κόλλησε γερά στο ποτήρι και έπρεπε να σκιστεί με δύναμη

Pero se quedó pegado al cristal y tuvo que apartarse con fuerza.

μετά έτρεξε στο διπλανό δωμάτιο σαν να μπορούσε να δώσει κάποιες συμβουλές στην αδερφή του

Luego corrió a la habitación de al lado como si pudiera darle algún consejo a su hermana.

αλλά έπρεπε να μείνει αδρανής πίσω της ενώ εκείνη ψαχούλευε διάφορα μπουκάλια

pero él tuvo que quedarse de brazos cruzados detrás de ella mientras ella hurgaba en varias botellas.

και εξακολουθούσε να την τρόμαζε όταν γύρισε

Y todavía la asustó cuando se dio la vuelta.

ένα μπουκάλι έπεσε στο πάτωμα και έσπασε

Una botella cayó al suelo y se rompió

ένα θραύσμα τραυμάτισε τον Γκρέγκορ στο πρόσωπο

Una astilla hirió a Gregor en la cara.

κάποιο διαβρωτικό φάρμακο τον περικύκλωσε

Una medicina corrosiva lo rodeaba.

Η Γκρέτε τώρα, χωρίς να σταματήσει άλλο, πήρε όσα μπουκάλια μπορούσε να χωρέσει

Grete ahora, sin detenerse más, tomó tantas botellas como pudo.

και έτρεξε με τα μπουκάλια με τα φάρμακα στη μητέρα

της
y corrió con los frascos de medicinas hacia su madre
Χτύπησε την πόρτα με το πόδι της
Ella cerró la puerta con el pie.
Ο Γκρέγκορ είχε πλέον αποκοπεί από τη μητέρα του, η
οποία ίσως ήταν κοντά στον θάνατο εξαιτίας των
πράξεών του
Gregor ahora estaba separado de su madre, quien quizás
estaba cerca de morir debido a sus acciones.
Δεν του επέτρεψαν να ανοίξει την πόρτα αν δεν ήθελε να
διώξει την αδερφή του, η οποία έπρεπε να μείνει με τη
μητέρα της
No le permitían abrir la puerta si no quería echar a su
hermana, que tenía que quedarse con su madre.
δεν είχε τίποτα να κάνει τώρα παρά να περιμένει
Ahora no tenía nada que hacer más que esperar.
και μαστιζόταν από αυτομομφή και άγχος, άρχισε να
σέρνεται
Y acosado por el autorreproche y la ansiedad, comenzó a
gatear.
Σύρθηκε πάνω από τα πάντα. τοίχους, έπιπλα και
οροφή
Se arrastró por todo: paredes, muebles y techo.
όλο το δωμάτιο άρχισε να περιστρέφεται γύρω του
Toda la habitación empezó a girar a su alrededor.
και τελικά έπεσε απελπισμένος στο μεγάλο τραπέζι
y finalmente cayó desesperado sobre la gran mesa
Πέρασε λίγη ώρα, ο Γκρέγκορ ξάπλωσε εκεί
εξαντλημένος
Pasó un rato y Gregor yacía allí exhausto.
Ήταν ήσυχο τριγύρω, ίσως αυτό ήταν καλό σημάδι
Todo estaba tranquilo, tal vez eso era una buena señal.
Τότε χτύπησε το κουδούνι της πόρτας
Entonces sonó el timbre.
Η κοπέλα ήταν φυσικά κλειδωμένη στην κουζίνα της
και η Γκρέτε έπρεπε να πάει να την ανοίξει
La niña, por supuesto, estaba encerrada en su cocina y Grete

tuvo que ir a abrirla.

ήταν ο πατέρας που ήρθε

Fue el padre quien vino

«Τι έγινε;» ήταν οι πρώτες του λέξεις

«¿Qué pasó?», fueron sus primeras palabras.

Η εμφάνιση της Γκρέτε μάλλον του τα είχε πει όλα

La aparición de Grete probablemente le había dicho todo.

απάντησε η Γκρέτε με θαμπή φωνή

Grete respondió con voz apagada.

προφανώς πίεσε το πρόσωπό της στο στήθος του
πατέρα της

Al parecer presionó su cara contra el pecho de su padre.

Η μητέρα ήταν αναίσθητη, αλλά αισθάνεται ήδη
καλύτερα

La madre estaba inconsciente, pero ya se siente mejor.

Ο Γκρέγκορ έχει δραπετεύσει, πρόσθεσε

Gregor ha escapado, añadió.

«Το περίμενα», είπε ο πατέρας

«Me lo esperaba», dijo el padre.

Σας το έλεγα πάντα, αλλά εσείς οι γυναίκες δεν θέλετε
να ακούτε

Siempre os lo he dicho, pero vosotras las mujeres no queréis
escuchar.

Ήταν σαφές στον Γκρέγκορ ότι ο πατέρας του είχε
παρερμηνεύσει το πολύ σύντομο μήνυμα της Γκρέτε

Para Gregor estaba claro que su padre había malinterpretado
el mensaje demasiado breve de Grete.

υπέθεσε ότι ο Γκρέγκορ είχε διαπράξει κάποια πράξη
βίας

Supuso que Gregor había cometido algún acto de violencia.

Επομένως, ο Γκρέγκορ έπρεπε να προσπαθήσει να
κατευνάσει τον πατέρα του τώρα

Por eso Gregor tuvo que intentar ahora apaciguar a su padre.

γιατί δεν είχε ούτε τον χρόνο ούτε την ευκαιρία να τον
διαφωτίσει

porque no tuvo ni el tiempo ni la oportunidad de ilustrarlo

Και έτσι έφυγε προς την πόρτα του δωματίου του και

στριμώχτηκε πάνω της

Y así huyó a la puerta de su habitación y se apretó contra ella.

ώστε ο πατέρας να τον δει αμέσως από τον προθάλαμο μπαίνοντας

para que el padre pudiera verlo inmediatamente desde la antesala al entrar

Ο Γκρέγκορ είχε κάθε πρόθεση να επιστρέψει αμέσως στο δωμάτιό του

Gregor tenía toda la intención de regresar a su habitación inmediatamente.

δεν είναι ανάγκη να τον διώξετε πίσω

No hay necesidad de hacerlo retroceder

έπρεπε μόνο να ανοίξει την πόρτα και θα εξαφανιζόταν αμέσως

Sólo había que abrir la puerta y desaparecía inmediatamente.

Όμως ο πατέρας δεν είχε τη διάθεση να παρατηρήσει τέτοιες λεπτότητες

Pero el padre no estaba de humor para notar tales sutilezas.

«Α!» αναφώνησε μόλις μπήκε μέσα

«¡Ah!», exclamó nada más entrar.

σαν να ήταν θυμωμένος και χαρούμενος ταυτόχρονα

Como si estuviera enojado y feliz al mismo tiempo

Ο Γκρέγκορ τράβηξε το κεφάλι του πίσω από την πόρτα και το σήκωσε προς τον πατέρα του

Gregor apartó la cabeza de la puerta y la levantó hacia su padre.

Πραγματικά δεν είχε φανταστεί τον πατέρα του να στέκεται εκεί έτσι

Realmente no se había imaginado a su padre parado allí así.

Ωστόσο, τον τελευταίο καιρό, λόγω του νεογέννητου σέρνοντας, είχε παραμελήσει να προσέξει τι συνέβαινε στο υπόλοιπο διαμέρισμα, όπως συνήθιζε.

Sin embargo, en los últimos tiempos, debido a su nuevo y alocado andar a gatas, había descuidado prestar atención a lo que estaba sucediendo en el resto del apartamento como solía hacer.

θα έπρεπε να ήταν προετοιμασμένος να αντιμετωπίσει

αλλαγμένες συνθήκες
Debería haber estado preparado para afrontar circunstancias cambiadas.
Παρόλα αυτά, αυτός ήταν ακόμα ο πατέρας;
Pero ¿era todavía ese el padre?
Ήταν ακόμα ο ίδιος άνθρωπος που ξάπλωνε κουρασμένος στο κρεβάτι όταν ο Γκρέγκορ είχε φύγει για επαγγελματικό ταξίδι;
¿Era todavía el mismo hombre que yacía cansado en la cama cuando Gregor partió para un viaje de negocios?
Ήταν ακόμα ο ίδιος άντρας που τον υποδέχτηκε με τη ρόμπα του στην πολυθρόνα του τα βράδια που επέστρεφε σπίτι;
¿Era todavía el mismo hombre que lo había recibido en bata en su sillón las tardes en que regresaba a casa?
Ήταν ακόμα ο ίδιος άνθρωπος, δεν μπορούσε πραγματικά να σηκωθεί για να τον δεχτεί;
¿Era todavía el mismo hombre, incapaz realmente de levantarse para recibirlo?
Ήταν ακόμα ο ίδιος άνθρωπος που είχε σηκώσει τα χέρια του ως ένδειξη χαράς για να τον καλωσορίσει;
¿Era todavía el mismo hombre que había levantado los brazos en señal de alegría para darle la bienvenida?
Ήταν ακόμα ο ίδιος άντρας με τον οποίο πήγαινε βόλτες μερικές Κυριακές το χρόνο;
¿Era todavía el mismo hombre con el que paseaba algunos domingos al año?
σπάνιες βόλτες μαζί στις υψηλότερες γιορτές
Paseos raros juntos en las fiestas más altas
ανάμεσα στον Γκρέγκορ και τη μητέρα του, που ήδη περπατούσε αργά
Entre Gregorio y su madre, que ya caminaba lentamente.
και εξακολουθούσαν να πηγαίνουν λίγο πιο αργά για αυτόν
Y aún así fueron un poco más lentos para él.
Ήταν ακόμα ο ίδιος άνθρωπος που τυλίχτηκε με το παλιό του παλτό σε αυτές τις βόλτες;

¿Era todavía el mismo hombre que se envolvía en su viejo abrigo durante estos paseos?

Ήταν ακόμα ο ίδιος άνθρωπος που προσεκτικά με το μπαστούνι του προχωρούσε προς τα εμπρός;

¿Era todavía el mismo hombre que cuidadosamente, con su bastón, se abría camino hacia adelante?

Και ήταν ακόμα ο ίδιος άνθρωπος που σε αυτές τις βόλτες, όταν ήθελε να πει κάτι, σχεδόν πάντα σταματούσε και μάζευε τους συντρόφους του γύρω του;

¿Y era todavía el mismo hombre que, en estos paseos, cuando quería decir algo, casi siempre se detenía y reunía a sus compañeros a su alrededor?

Τώρα όμως ήταν καλά όρθιος

Pero ahora estaba bien erguido.

Ήταν ντυμένος με μια στενή μπλε στολή με χρυσά κουμπιά, όπως φορούσαν οι υπάλληλοι των τραπεζικών ιδρυμάτων

Estaba vestido con un uniforme ajustado de color azul con botones dorados, como los que usan los empleados de las instituciones bancarias.

Πάνω από τον ψηλό άκαμπτο γιακά του παλτού του, αναπτύχθηκε το δυνατό διπλό πηγούνι του

Por encima del alto y rígido cuello de su abrigo se desarrollaba su fuerte papada.

κάτω από τα θαμνώδη φρύδια το βλέμμα των μαύρων ματιών φαινόταν φρέσκο και προσεκτικό

Debajo de las pobladas cejas, la mirada de los ojos negros parecía fresca y atenta.

τα ατημέλητα λευκά μαλλιά ήταν χτενισμένα σε μια σχολαστική χωρίστρα

El cabello blanco despeinado estaba peinado hacia abajo en una raya meticulosa.

Πέταξε το καπάκι του, στο οποίο ήταν κολλημένο ένα χρυσό μονόγραμμα, πιθανότατα τράπεζας, στον καναπέ

Arrojó su gorra, en la que estaba fijado un monograma dorado, probablemente el de un banco, sobre el sofá.

οι άκρες του μακριού σακακιού του γύρισαν πίσω, με τα χέρια στις τσέπες του παντελονιού του
Los extremos de su larga chaqueta de uniforme estaban vueltos hacia atrás y sus manos estaban en los bolsillos de sus pantalones.
και προχώρησε προς τον Γκρέγκορ με ένα ζοφερό πρόσωπο
Y caminó hacia Gregor con cara sombría.
Μάλλον δεν ήξερε καν τι σχεδίαζε
Probablemente ni siquiera sabía lo que estaba planeando.
τουλάχιστον σήκωσε τα πόδια του ασυνήθιστα ψηλά
Al menos levantó los pies inusualmente alto.
και ο Γκρέγκορ έμεινε έκπληκτος με το γιγάντιο μέγεθος των σόλων του
y Gregor se quedó asombrado por el gigantesco tamaño de las suelas de sus botas
Δεν σταμάτησε όμως εκεί
Pero no se detuvo allí.
Ήξερε από την πρώτη μέρα της νέας του ζωής ότι ο πατέρας του θεωρούσε ότι ήταν κατάλληλη απέναντί του μόνο τη μεγαλύτερη αυστηρότητα
Supo desde el primer día de su nueva vida que su padre consideraba que sólo la mayor severidad era apropiada para él.
Και έτσι έφυγε από τον πατέρα του
Y así se escapó de su padre.
σταμάτησε όταν ο πατέρας του σταμάτησε
Hizo una pausa cuando su padre se detuvo.
και όρμησε πάλι μπροστά μόλις ο πατέρας του μετακόμισε
y corrió hacia adelante nuevamente tan pronto como su padre se movió
Έκαναν λοιπόν αρκετούς γύρους στο δωμάτιο χωρίς να συμβεί κάτι καθοριστικό
Así que dieron varias vueltas por la sala sin que ocurriera nada decisivo.
χωρίς το όλο πράγμα να έχει την όψη καταδίωξης λόγω

του αργού ρυθμού του
Sin que todo parezca una persecución debido a su ritmo lento.
Ως εκ τούτου, ο Γκρέγκορ έμεινε προς το παρόν στο παρκέ
Por eso Gregor también se quedó en el suelo por el momento.
ο πατέρας μπορεί να θεωρήσει μια απόδραση στους τοίχους ή στο ταβάνι ως ιδιαίτερα κακή
El padre podría considerar que escapar hacia las paredes o el techo es particularmente perverso.
Ωστόσο, ο Γκρέγκορ έπρεπε να πει στον εαυτό του ότι δεν θα μπορούσε να συνεχίσει αυτό το τρέξιμο για πολύ
Sin embargo, Gregor tuvo que convencerse a sí mismo de que no podría seguir así por mucho tiempo.
γιατί ενώ ο πατέρας έκανε ένα βήμα, έπρεπε να κάνει μυριάδες κινήσεις
porque mientras el padre daba un paso, tenía que realizar una miríada de movimientos
Η δύσπνοια είχε ήδη αρχίσει να γίνεται αισθητή
La falta de aire ya empezaba a hacerse sentir.
ούτε στις προηγούμενες μέρες του είχε έναν απόλυτα αξιόπιστο πνεύμονα
Tampoco había tenido un pulmón completamente confiable en sus primeros días.
τρεκλίστηκε για να συγκεντρώσει όλες του τις δυνάμεις για το τρέξιμο
Se tambaleó para reunir todas sus fuerzas para la carrera.
Ήταν τόσο κουρασμένος που με δυσκολία κρατούσε τα μάτια του ανοιχτά
Estaba tan cansado que apenas podía mantener los ojos abiertos.
Μέσα στη βλακεία του δεν σκέφτηκε καν να τρέξει για άλλη διάσωση
En su estupidez ni siquiera pensó en correr a buscar otro rescate.
είχε σχεδόν ξεχάσει ότι οι τοίχοι ήταν ελεύθεροι
Casi había olvidado que las paredes estaban libres.
και μετά, ελαφρώς πεταμένο, κάτι πέταξε κάτω δίπλα

του

Y entonces, ligeramente arrojado, algo voló a su lado.

και μπροστά του κύλησε ένα μήλο

y delante de él rodaba una manzana

Ένα δεύτερο μήλο πέρασε και από δίπλα του

Una segunda manzana también pasó volando junto a él.

Ο Γκρέγκορ σταμάτησε σοκαρισμένος, ήταν άχρηστο να συνεχίσει να τρέχει

Gregor se detuvo en estado de shock, era inútil seguir corriendo.

γιατί ο πατέρας είχε αποφασίσει να τον βομβαρδίσει

Porque el padre había decidido bombardearlo.

Είχε γεμίσει τις τσέπες του από τη φρουτιέρα στον μπουφέ

Se había llenado los bolsillos con el frutero que había en el aparador.

και τώρα, χωρίς να στοχεύει απότομα, πέταξε μήλο μετά από μήλο

Y ahora, sin apuntar con precisión, lanzó manzana tras manzana.

Αυτά τα μικρά κόκκινα μήλα κύλησαν στο έδαφος σαν να ήταν ηλεκτρισμένα και έπεσαν το ένα πάνω στο άλλο

Estas pequeñas manzanas rojas rodaban por el suelo como si estuvieran electrificadas y chocaban entre sí.

Ένα αδύναμα πεταμένο μήλο βοσκούσε την πλάτη του Γκρέγκορ, αλλά γλίστρησε ακίνδυνα

Una manzana lanzada débilmente rozó la espalda de Gregor, pero se deslizó sin hacerle daño.

Ένα μήλο που πέταξε αμέσως μετά του διαπέρασε την πλάτη του Γκρέγκορ

Una manzana que voló inmediatamente tras él penetró en la espalda de Gregor.

Ο Γκρέγκορ ήθελε να συρθεί, λες και ο εκπληκτικός, απίστευτος πόνος θα μπορούσε να εξαφανιστεί με την αλλαγή της τοποθεσίας

Gregor quería seguir arrastrándose, como si el sorprendente e

increíble dolor pudiera desaparecer con el cambio de
ubicación.
αλλά ένιωθε σαν να ήταν καρφωμένος
pero se sentía como si estuviera clavado
και τεντώθηκε σε πλήρη σύγχυση όλων των αισθήσεων
y se estiró en completa confusión de todos los sentidos.
Μόνο με την τελευταία του ματιά είδε την πόρτα του
δωματίου του να σκίζεται
Sólo con su última mirada vio que la puerta de su habitación
se abría de golpe.
και είδε τη μητέρα να βγαίνει ορμητικά μπροστά στην
αδερφή που ούρλιαζε
y vio a la madre salir corriendo delante de la hermana que
gritaba
ήταν με το πουκάμισό της γιατί την είχε γδύσει η
αδερφή της
Ella estaba en camisa porque su hermana la había desvestido.
να της δώσει χώρο αναπνοής στην ασυνειδησία της
Para darle espacio para respirar en su inconsciencia.
είδε πώς η μητέρα έτρεξε προς τον πατέρα
Vio como la madre corría hacia el padre
και είδε πώς η λυμένη φούστα της γλίστρησε στο
έδαφος το ένα μετά το άλλο
y vio como su falda desatada se deslizaba al suelo una tras
otra
και την είδε να σκοντάφτει πάνω από τη φούστα της
καθώς πλησίαζε τον πατέρα της
y la vio tropezar con su falda mientras se acercaba a su padre
σε πλήρη ένωση με το σώμα του, η όραση του Γκρέγκορ
επίσης απέτυχε
En completa unión con su cuerpo, la vista de Gregor también
falló.
Αγκαλιάζοντας τον, ζήτησε να σωθεί η ζωή του
Γκρέγκορ
Abrazándolo, pidió que le perdonaran la vida a Gregor.

Μέρος τρίτο
Tercera parte

Ο Γκρέγκορ υπέστη τον σοβαρό τραυματισμό για
περισσότερο από ένα μήνα
Gregor sufrió la grave lesión durante más de un mes.
το μήλο έμεινε γιατί κανείς δεν τολμούσε να το
αφαιρέσει
La manzana quedó porque nadie se atrevió a quitarla.
το μήλο παρέμεινε στη σάρκα ως ορατή υπενθύμιση
La manzana permaneció en la pulpa como un recordatorio
visible.
Ακόμη και ο πατέρας υπενθύμισε ότι ο Γκρέγκορ δεν
πρέπει να αντιμετωπίζεται σαν εχθρός
Incluso al padre se le recordó que no se debía tratar a Gregor
como a un enemigo.
παρά την παρούσα θλιβερή και αηδιαστική εμφάνισή
του, ήταν μέλος της οικογένειας
A pesar de su triste y repugnante apariencia actual, era un
miembro de la familia.
η απροθυμία έπρεπε να καταπιεί και να ανεχθεί
La renuencia tuvo que ser tragada y tolerada.
Λόγω της πληγής του, η κινητικότητά του μάλλον
χάθηκε για πάντα
Debido a su herida, probablemente perdió su movilidad para
siempre.
για την ώρα πέρασε πολλά, μεγάλα λεπτά διασχίζοντας
το δωμάτιό του
Por el momento pasó largos, largos minutos cruzando su
habitación.
Το να σέρνεσαι σε ύψη δεν υπήρχε περίπτωση
Arrastrarse en las alturas estaba fuera de cuestión
αλλά έλαβε μια απολύτως επαρκή αποζημίωση για
αυτή την επιδείνωση της κατάστασής του
Pero recibió lo que consideró una compensación
completamente adecuada por este deterioro de su condición.
πάντα το βράδυ του άνοιγε η πόρτα του σαλονιού
Siempre por la noche se le abría la puerta del salón.

Συνήθιζε να παρακολουθεί την πόρτα από κοντά μία ή
δύο ώρες νωρίτερα
Solía vigilar atentamente la puerta una o dos horas antes.
έτσι μπορούσε, ξαπλωμένος στο σκοτάδι του δωματίου
του, αόρατος από το σαλόνι, να δει όλη την οικογένεια
στο φωτισμένο τραπέζι
Así pudo, acostado en la oscuridad de su habitación, invisible
desde la sala de estar, ver a toda la familia en la mesa
iluminada.
του επετράπη να ακούσει τις ομιλίες τους, με γενική
άδεια, εντελώς διαφορετικά από πριν
Se le permitió escuchar sus discursos, con permiso general, de
una manera muy diferente a como lo hacía antes.
Φυσικά, δεν υπήρχαν πια οι ζωηρές συζητήσεις
παλαιότερων εποχών
Por supuesto, ya no existían las animadas conversaciones de
épocas anteriores.
τις συζητήσεις του παρελθόντος που ο Γκρέγκορ πάντα
σκεφτόταν με λίγη λαχτάρα στα μικρά δωμάτια του
ξενοδοχείου
Las conversaciones del pasado en las que Gregor siempre
había pensado con cierta nostalgia en las pequeñas
habitaciones del hotel.
τις φορές που έπρεπε να πεταχτεί κουρασμένος στα
βρεγμένα κλινοσκεπάσματα
Los momentos en que tuvo que arrojarse cansado sobre las
sábanas húmedas.
Τώρα ήταν κυρίως πολύ ήσυχο
Ahora estaba mayormente muy tranquilo.
Ο πατέρας αποκοιμήθηκε στην πολυθρόνα του αμέσως
μετά το δείπνο
El padre se quedó dormido en su sillón poco después de la
cena.
η μητέρα και η αδερφή προέτρεψαν η μία την άλλη να
ησυχάσει
La madre y la hermana se pidieron mutuamente que
guardaran silencio.

η μητέρα, ακουμπώντας πολύ πάνω από το φως, έραψε
εκλεκτά λευκά είδη για ένα κατάστημα μόδας
La madre, inclinada sobre la luz, cosía lino fino para una
tienda de moda.
η αδερφή, που είχε πιάσει δουλειά ως πωλήτρια,
μάθαινε στενογραφία και γαλλικά τα βράδια
La hermana, que había conseguido un trabajo como
vendedora, aprendió taquigrafía y francés por las tardes.
για να μπορέσει ίσως να βρει μια καλύτερη θέση
εργασίας αργότερα
para que tal vez pudiera conseguir un mejor puesto de trabajo
más adelante
Μερικές φορές ο πατέρας ξυπνούσε και, σαν να μην
ήξερε ότι κοιμόταν, έλεγε στη μητέρα του:
A veces el padre se despertaba y, como si no supiera que había
estado durmiendo, le decía a su madre:
«Τόσο καιρό ράβεις σήμερα!»
«¡Has estado cosiendo mucho tiempo hoy!»
και μετά ξανακοιμήθηκε αμέσως, ενώ μητέρα και
αδερφή χαμογέλασαν κουρασμένα η μία στην άλλη
Y luego inmediatamente se quedó dormido otra vez, mientras
madre y hermana se sonreían cansadamente.
Με ένα είδος πείσμα, ο πατέρας αρνιόταν να βγάλει τη
στολή του υπηρέτη ακόμα και στο σπίτι
Con una especie de terquedad, el padre se negó a quitarse el
uniforme de sirviente incluso en casa.
και ενώ η ρόμπα κρεμόταν άχρηστα στο παλτό, ο
πατέρας κοιμόταν ντυμένος στη θέση του
Y mientras la bata colgaba inútilmente en el perchero, el padre
dormía completamente vestido en su lugar.
σαν να ήταν πάντα έτοιμος για την υπηρεσία του και
περίμενε τη φωνή του προϊσταμένου του
Como si siempre estuviera listo para su servicio y estuviera
esperando la voz de su superior.
Ως αποτέλεσμα, η στολή, που δεν ήταν καινούργια στην
αρχή, έχασε την καθαριότητά της παρ' όλη τη φροντίδα
της μητέρας και της αδελφής

Como resultado, el uniforme, que al principio no era nuevo, perdió su limpieza a pesar de todos los cuidados de la madre y la hermana.

και ο Γκρέγκορ περνούσε συχνά ολόκληρα βράδια κοιτάζοντας αυτή τη λεκιασμένη, με χρυσά κουμπιά στολή

Y Gregor a menudo pasaba tardes enteras mirando ese uniforme lleno de manchas y botones dorados.

παρακολούθησε τον γέρο να κοιμάται πιο άβολα αλλά ειρηνικά

Observó cómo el anciano dormía de forma incómoda pero en paz.

Μόλις το ρολόι χτύπησε δέκα, η μητέρα προσπάθησε να ξυπνήσει τον πατέρα μιλώντας ήσυχα

Tan pronto como el reloj dio las diez, la madre intentó despertar al padre hablándole en voz baja.

και μετά τον έπεισε να πάει για ύπνο

Y luego lo convenció de irse a la cama.

γιατί εδώ δεν ήταν πραγματικός ύπνος

Porque aquí no era un sueño real

Ο πατέρας, που έπρεπε να αρχίσει τη δουλειά στις έξι, είχε πολύ ανάγκη αυτόν τον ύπνο

El padre, que tenía que empezar a trabajar a las seis, necesitaba realmente este sueño.

Αλλά στο πείσμα που τον είχε πιάσει από τότε που έγινε υπηρέτης, επέμενε πάντα να μένει περισσότερο στο τραπέζι

Pero en la terquedad que lo dominaba desde que se convirtió en sirviente, siempre insistía en quedarse más tiempo en la mesa.

μολονότι αποκοιμιόταν τακτικά, και τότε τον μετακινούσαν μόνο με τη μεγαλύτερη δυσκολία

Aunque regularmente se quedaba dormido y sólo se movía con gran dificultad.

αλλά έπρεπε να συνειδητοποιήσει ότι έπρεπε να ανταλλάξει την καρέκλα με το κρεβάτι

Pero tuvo que darse cuenta de que debía cambiar la silla por la cama.

Η μητέρα και η αδερφή έπρεπε να επιμείνουν σε αυτόν με μικρές νουθεσίες
La madre y la hermana tuvieron que insistirle con pequeñas advertencias.

Για δεκαπέντε λεπτά κούνησε αργά το κεφάλι του, κράτησε τα μάτια του κλειστά και δεν σηκώθηκε
Durante quince minutos sacudió lentamente la cabeza, mantuvo los ojos cerrados y no se levantó.

Η μητέρα του τράβηξε το μανίκι και του ψιθύρισε κολακευτικά λόγια στο αυτί
La madre le tiró de la manga y le susurró palabras halagadoras al oído.

η αδερφή άφησε το καθήκον της για να βοηθήσει τη μητέρα της
La hermana dejó su tarea para ayudar a su madre.

αλλά αυτό δεν λειτούργησε για τον πατέρα
Pero eso no funcionó para el padre.

Βυθίστηκε ακόμα πιο βαθιά στην καρέκλα του
Se hundió aún más en su silla.

Μόνο όταν τον έπιασαν οι γυναίκες κάτω από τις μασχάλες, άνοιξε τα μάτια του
Sólo cuando las mujeres lo agarraron por las axilas abrió los ojos.

Κοιτούσε εναλλάξ τη μητέρα και την αδερφή του και έλεγε:
Miraba alternativamente a su madre y a su hermana y solía decir:

Τι ζωή είναι αυτή. Αυτή είναι η γαλήνη των γηρατειών μου.
¡Qué vida ésta! Ésta es la paz de mi vejez.

Και στηριζόμενος στις δύο γυναίκες, σηκώθηκε αμήχανα
Y apoyándose en las dos mujeres, se levantó torpemente.

σαν να ήταν το μεγαλύτερο βάρος για τον εαυτό του
Como si fuera la mayor carga para sí mismo.

και άφησε τις γυναίκες να τον οδηγήσουν στην πόρτα

y dejó que las mujeres lo guiaran hasta la puerta
τα κουνούσε και συνέχισε μόνος του
Él les hizo un gesto para que se fueran y continuó por su
cuenta.
ενώ η μητέρα πέταξε βιαστικά το σετ ραπτικής της και
η αδερφή το στυλό της
Mientras la madre arrojó apresuradamente su kit de costura y
la hermana su bolígrafo.
να τρέξει πίσω από τον πατέρα και να τον βοηθήσει
περαιτέρω
correr detrás del padre y ayudarlo más
Ποιος σε αυτή την καταπονημένη οικογένεια είχε χρόνο
να φροντίσει τον Γκρέγκορ;
¿Quién en esta familia sobrecargada de trabajo tenía tiempo
para cuidar de Gregor?
Ήταν πραγματικά απαραίτητο αν όλοι ήταν ήδη
υπερβολικά κουρασμένοι;
¿Era realmente necesario si ya todos estábamos cansados?
Ο προϋπολογισμός περιοριζόταν όλο και περισσότερο
El presupuesto se volvió cada vez más restringido
η υπηρέτρια τελικά απολύθηκε
La criada finalmente fue despedida
μια τεράστια αποστεωμένη υπηρέτρια με άσπρα μαλλιά
ερχόταν το πρωί και το βράδυ για να κάνει την πιο
δύσκολη δουλειά
Una enorme sirvienta huesuda con cabello blanco venía por la
mañana y por la tarde para hacer el trabajo más duro.
όλα τα άλλα τα φρόντιζε η μητέρα εκτός από τη
ραπτική της
De todo lo demás se encargaba la madre además de su trabajo
de costura.
Έτυχε μάλιστα να πουληθούν διάφορα οικογενειακά
κοσμήματα
Incluso ocurrió que se vendieron varias joyas familiares.
Οικογενειακά κοσμήματα που φορούσαν ευχάριστα η
μητέρα και η αδερφή κατά τη διάρκεια της
διασκέδασης και των γιορτών

Joyas familiares que la madre y la hermana solían lucir con alegría durante los entretenimientos y celebraciones.

Ο Γκρέγκορ το έμαθε αυτό το βράδυ από τη γενική συζήτηση

Gregor aprendió esto por la tarde durante la discusión general.

Το μεγαλύτερο παράπονο, ωστόσο, ήταν ότι δεν μπορούσε κανείς να φύγει από αυτό το διαμέρισμα, το οποίο ήταν πολύ μεγάλο για τις σημερινές συνθήκες

La mayor queja, sin embargo, fue que uno no podía salir de este apartamento, que era demasiado grande para las condiciones actuales.

Ήταν αδιανόητο πώς θα μπορούσε να μετεγκατασταθεί ο Γκρέγκορ

Era impensable cómo Gregor podría ser reubicado.

Αλλά ο Γκρέγκορ συνειδητοποίησε ότι δεν ήταν μόνο η εκτίμηση για αυτόν που απέτρεπε μια κίνηση

Pero Gregor se dio cuenta de que no era sólo la consideración hacia él lo que impedía un traslado.

γιατί θα μπορούσε εύκολα να μεταφερθεί σε κατάλληλο κουτί με λίγες τρύπες αέρα

porque podría haber sido fácilmente transportado en una caja adecuada con algunos agujeros de aire

Αυτό που εμπόδισε κυρίως την οικογένεια να μετακομίσει ήταν κάτι άλλο

Lo que principalmente impidió que la familia se mudara fue otra cosa.

ήταν μάλλον η πλήρης απελπισία και η σκέψη ότι τους είχε χτυπήσει η ατυχία

Fue más bien la desesperanza total y la idea de que habían sido alcanzados por la desgracia.

Δεν ήθελαν να παραδεχτούν ότι τους είχε χτυπήσει η ατυχία όσο κανένας άλλος σε ολόκληρο τον κύκλο των συγγενών και γνωστών τους

No querían admitir que habían sido alcanzados por la desgracia como nadie en todo su círculo de familiares y conocidos.

Αυτό που απαιτεί ο κόσμος από τους φτωχούς, το εκπλήρωσαν στο έπακρο
Lo que el mundo exige de los pobres, ellos lo cumplen al máximo.
ο πατέρας έφερε πρωινό για τον μικρό τραπεζικό υπάλληλο
El padre fue a buscar el desayuno para el pequeño empleado de banco.
η μητέρα θυσίασε τον εαυτό της για μπουγάδα ξένων
La madre se sacrificó por la ropa de extraños.
η αδερφή του έτρεχε πέρα δώθε πίσω από το γραφείο ακολουθώντας τις εντολές των πελατών
Su hermana corría de un lado a otro detrás del escritorio siguiendo los pedidos de los clientes.
αλλά η δύναμη της οικογένειας δεν ήταν πια αρκετή
Pero la fuerza de la familia ya no era suficiente.
Και έτσι η πληγή στην πλάτη του Γκρέγκορ άρχισε να πονάει σαν καινούργια
Y entonces la herida en la espalda de Gregor empezó a doler como nueva.
όταν η μητέρα και η αδερφή, αφού έβαλαν τον πατέρα στο κρεβάτι, επέστρεψαν
Cuando la madre y la hermana, después de acostar a papá, regresaron
όταν η μητέρα και η αδερφή άφησαν τη δουλειά και έρχονταν πιο κοντά
Cuando madre y hermana dejaron el trabajo y se mudaron más cerca
όταν η μητέρα και η αδερφή κάθισαν μάγουλο με μάγουλο
Cuando madre y hermana se sentaron mejilla con mejilla
όταν η μητέρα, δείχνοντας το δωμάτιο του Γκρέγκορ, είπε: «Κλείσε την πόρτα εκεί, Γκρέτε»
Cuando la madre, señalando la habitación de Gregor, dijo: "Cierra la puerta, Grete".
και όταν ο Γκρέγκορ ήταν ξανά στο σκοτάδι, ενώ οι γυναίκες της διπλανής πόρτας ανακάτευαν τα δάκρυά

τους

Y cuando Gregor estaba de nuevo a oscuras, mientras las
mujeres de la habitación de al lado mezclaban sus lágrimas

ή όταν κοιτούσαν το τραπέζι χωρίς να κλάψουν

o cuando miraban la mesa sin llorar

Ο Γκρέγκορ περνούσε τις νύχτες και τις μέρες σχεδόν
χωρίς ύπνο

Gregor pasaba las noches y los días casi sin dormir.

Μερικές φορές σκεφτόταν να αναλάβει ξανά τις
οικογενειακές υποθέσεις όπως είχε κάνει πριν

A veces pensaba en hacerse cargo de los asuntos familiares de
nuevo como lo había hecho antes.

Στις σκέψεις του το αφεντικό και ο εξουσιοδοτημένος
εκπρόσωπος εμφανίστηκαν ξανά μετά από πολύ καιρό

En sus pensamientos el jefe y el representante autorizado
aparecieron nuevamente después de mucho tiempo.

οι υπάλληλοι και οι μαθητευόμενοι, ο τόσο
αργόστροφος υπηρέτης του σπιτιού

los oficinistas y los aprendices, el sirviente doméstico tan torpe

δύο ή τρεις φίλοι από άλλες επιχειρήσεις

Dos o tres amigos de otros negocios.

μια καμαριέρα από ένα ξενοδοχείο στις επαρχίες

Una camarera de un hotel de provincias

μια αγαπητή, φευγαλέα ανάμνηση

Un recuerdo querido y fugaz

ένας ταμίας από ένα καπελάδικο, για τον οποίο είχε
κάνει αίτηση σοβαρά αλλά πολύ αργά

Un cajero de una tienda de sombreros, para quien había
solicitado trabajo con seriedad pero con demasiada lentitud.

εμφανίζονταν όλοι ανακατεμένοι με αγνώστους ή ήδη
ξεχασμένοι

Todos aparecieron mezclados con extraños o ya olvidados.

αλλά αντί να βοηθήσουν αυτόν και την οικογένειά του,
ήταν όλοι απρόσιτοι

Pero en lugar de ayudarlo a él y a su familia, todos fueron
inaccesibles.

και χάρηκε όταν εξαφανίστηκαν

y se alegró cuando desaparecieron

Τότε όμως δεν είχε διάθεση να ανησυχήσει για την οικογένειά του

Pero entonces no estaba de humor para preocuparse por su familia.

μόνο θυμός για την κακή συντήρηση τον γέμισε

Sólo la ira por el mal mantenimiento lo llenaba.

και παρόλο που δεν μπορούσε να φανταστεί κάτι για το οποίο θα είχε όρεξη, ωστόσο έκανε σχέδια

Y aunque no podía imaginar nada que le apeteciera, aun así hizo planes.

σχεδίασε πώς θα μπει στο ντουλάπι

planeó cómo entrar a la despensa

να πάρει αυτό που του άξιζε κι ας μην πεινούσε

tomar lo que merecía, incluso si no tenía hambre

Το πώς να κάνουμε στον Γκρέγκορ μια ιδιαίτερη χάρη δεν σκεφτόταν για πολύ

Cómo hacerle un favor especial a Gregor no fue algo que se pensó por mucho tiempo.

Το πρωί, η νοσοκόμα έσπρωξε βιαστικά λίγο φαγητό στο δωμάτιο του Γκρέγκορ με το πόδι της

Por la mañana, la enfermera introdujo apresuradamente con el pie algo de comida en la habitación de Gregor.

πριν πάει στη δουλειά το πρωί και το μεσημέρι

Antes de ir a trabajar por la mañana y a la hora del almuerzo.

ανεξάρτητα από το αν το φαγητό δοκιμάστηκε ή όχι, επέστρεψε με ένα κύμα της σκούπας

Sin importar si la comida fue probada o no, ella regresó con un movimiento de la escoba.

και στις περισσότερες περιπτώσεις το φαγητό ήταν εντελώς ανέγγιχτο

Y en la mayoría de los casos la comida estaba completamente intacta.

Η τακτοποίηση του δωματίου, που έκανε τώρα κάθε βράδυ, δεν θα μπορούσε να γίνει πιο γρήγορα

Ordenar la habitación, cosa que ahora hacía todas las noches, no podría haberse hecho más rápido.

Οι λωρίδες βρωμιάς έτρεχαν κατά μήκος των τοίχων
Rayas de suciedad corrían por las paredes.
εδώ κι εκεί απλώνονταν μπάλες από σκόνη και
σκουπίδια
Aquí y allá había bolas de polvo y basura.
Στην αρχή, ο Γκρέγκορ τοποθετήθηκε σε μια ιδιαίτερα
σημαντική γωνία όταν έφτασε η αδερφή του
Al principio, Gregor se posicionó en un ángulo
particularmente significativo cuando llegó su hermana.
να την κατακρίνει με αυτή τη θέση
para reprocharle esta posición
Αλλά θα μπορούσε να είχε μείνει εκεί για εβδομάδες
χωρίς η αδερφή του να βελτιώσει τους τρόπους της
Pero podría haber permanecido allí durante semanas sin que
su hermana mejorara sus modales.
είδε τη βρωμιά όπως και εκείνος
Ella vio la suciedad igual que él.
αλλά είχε αποφασίσει απλώς να αφήσει το χώμα
Pero ella simplemente había decidido dejar la tierra.
Με μια ευαισθησία που ήταν εντελώς πρωτόγνωρη για
εκείνη και που είχε επηρεάσει όλη την οικογένεια,
φρόντισε να αφεθεί σε αυτήν το καθάρισμα του
δωματίου του Γκρέγκορ.
Con una sensibilidad que era completamente nueva para ella
y que había afectado a toda la familia, se encargó de que la
limpieza de la habitación de Gregor quedara en sus manos.
Κάποτε, η μητέρα του Γκρέγκορ είχε καθαρίσει καλά το
δωμάτιό του
Una vez, la madre de Gregor había hecho una limpieza a
fondo de su habitación.
μόνο αφού χρησιμοποίησε μερικούς κουβάδες νερό τα
κατάφερε
Sólo después de usar unos cuantos baldes de agua lo logró.
Ωστόσο, η υψηλή υγρασία πλήγωσε και τον Γκρέγκορ
Sin embargo, la alta humedad también afectó a Gregor.
και ξάπλωσε φαρδύς, πικραμένος και ακίνητος στον
καναπέ

y él yacía ancho, amargado e inmóvil en el sofá
αλλά η τιμωρία δεν πέρασε απαρατήρητη για τη
μητέρα
Pero el castigo no pasó desapercibido para la madre.
Η αδερφή μόλις και μετά βίας είχε αντιληφθεί την
αλλαγή στο δωμάτιο του Γκρέγκορ όταν έτρεξε στο
σαλόνι, εξαιρετικά προσβεβλημένη
La hermana apenas había notado el cambio en la habitación de
Gregor cuando corrió a la sala de estar, extremadamente
insultada.
παρά τα παρακλητικά σηκωμένα χέρια της μητέρας
της, ξέσπασε σε κλάματα
A pesar de las manos implorantes de su madre, estalló en
lágrimas.
ο πατέρας φυσικά ξαφνιάστηκε από την καρέκλα του
El padre, por supuesto, se sobresaltó y se levantó de su silla.
και στην αρχή οι γονείς έμειναν έκπληκτοι και απλώς
παρακολουθούσαν αβοήθητοι
Y al principio los padres estaban asombrados y simplemente
miraban impotentes.
ώσπου άρχισαν κι αυτοί να κινούνται
Hasta que ellos también empezaron a moverse
ο πατέρας επέπληξε τη μητέρα που δεν άφησε το
δωμάτιο του Γκρέγκορ στην αδερφή του να καθαρίσει
El padre reprochó a la madre que no dejara la habitación de
Gregor a su hermana para que la limpiara.
η αδερφή ούρλιαξε ότι δεν θα επιτρεπόταν ποτέ στη
μητέρα να καθαρίσει ξανά το δωμάτιο του Γκρέγκορ
La hermana gritó que a la madre nunca más se le permitiría
limpiar la habitación de Gregor.
ενώ η μητέρα προσπάθησε να σύρει τον πατέρα, που
ήταν τόσο ενθουσιασμένος που δεν γνώριζε πια τον
εαυτό του, στην κρεβατοκάμαρα
Mientras la madre intentaba arrastrar al padre, que estaba tan
excitado que ya no se reconocía a sí mismo, al dormitorio.
η αδερφή, ταραγμένη από τους λυγμούς, χτύπησε το
τραπέζι με τις γροθιές της

La hermana, sacudida por los sollozos, golpeó la mesa con sus pequeños puños.

και ο Γκρέγκορ σφύριξε δυνατά θυμωμένος που κανείς δεν σκέφτηκε να κλείσει την πόρτα

Y Gregor silbó en voz alta y enojado porque a nadie se le ocurrió cerrar la puerta.

θα μπορούσαν να του είχαν γλιτώσει από αυτό το θέαμα και τον θόρυβο

Podrían haberle ahorrado esta vista y este ruido.

Αλλά ακόμα κι αν η αδερφή είχε βαρεθεί να φροντίζει τον Γκρέγκορ όπως παλιά, η μητέρα δεν θα χρειαζόταν να παρέμβει για χάρη της.

Pero incluso si la hermana se hubiera cansado de cuidar a Gregor como antes, la madre no habría tenido que intervenir en su lugar.

όσο κι αν είχε εξαντληθεί η αδερφή από την επαγγελματική της δουλειά, τόσο την είχε βαρεθεί

Por mucho que la hermana estuviera agotada por su trabajo profesional, se había cansado de él.

Ο Γκρέγκορ δεν έπρεπε να είχε παραμεληθεί

No se debía descuidar a Gregor

Γιατί τώρα η σερβιτόρα ήταν εκεί

Porque ahora estaba la camarera

Αυτή η ηλικιωμένη χήρα, που στη μακρά ζωή της είχε επιβιώσει τα χειρότερα με τη βοήθεια της ισχυρής οστικής της δομής

Esta anciana viuda, que en su larga vida había sobrevivido a lo peor con la ayuda de su fuerte estructura ósea

δεν είχε καμία πραγματική αντιπάθεια για τον Γκρέγκορ

Ella no sentía ninguna antipatía real por Gregor.

Χωρίς να είναι καθόλου περίεργη, είχε ανοίξει κατά λάθος την πόρτα του δωματίου του Γκρέγκορ

Sin sentir ninguna curiosidad, accidentalmente abrió la puerta de la habitación de Gregor.

Εντελώς έκπληκτος, αν και κανείς δεν τον κυνηγούσε, άρχισε να τρέχει πέρα δώθε

Completamente sorprendido, aunque nadie lo perseguía,
comenzó a correr de un lado a otro.

**Στεκόταν έκπληκτη στο θέαμα του Γκρέγκορ με τα
χέρια σταυρωμένα στην αγκαλιά της**

Se quedó asombrada al ver a Gregor con las manos cruzadas
sobre el regazo.

**Από τότε, δεν παρέλειψε ποτέ να ανοίγει λίγο την πόρτα
κάθε πρωί και βράδυ και να κοιτάζει τον Γκρέγκορ**

Desde entonces, cada mañana y cada tarde, no dejaba de abrir
un poco la puerta y mirar a Gregor.

**Στην αρχή τον φώναξε και εκείνη, με λόγια που μάλλον
πίστευε ότι ήταν φιλικά**

Al principio ella también lo llamó, con palabras que
probablemente pensó que eran amistosas.

**«Έλα εδώ, παλιό σκαθάρι της κοπριάς!» ή «Κοίτα το
παλιό σκαθάρι της κοπριάς!»**

»¡Ven aquí, viejo escarabajo pelotero!« o »¡Mira el viejo
escarabajo pelotero!«

Ο Γκρέγκορ απάντησε σε τέτοιες ομιλίες χωρίς τίποτα

Gregor no respondió a tales discursos con nada.

**αντίθετα έμεινε ακίνητος στη θέση του σαν να μην είχε
ανοίξει καθόλου η πόρτα**

En cambio, permaneció inmóvil en su lugar como si la puerta
no se hubiera abierto en absoluto.

**Μακάρι να είχε δοθεί εντολή σε αυτή την υπηρέτρια να
καθαρίζει το δωμάτιό του κάθε μέρα, αντί να την
αφήσει να τον ενοχλεί άσκοπα όπως ήθελε!**

¡Ojalá a esta criada se le hubiera dado la orden de limpiar su
habitación todos los días, en lugar de dejarla molestarlo
inútilmente a su antojo!

**Μια φορά νωρίς το πρωί μια δυνατή βροχή χτύπησε τα
παράθυρα**

Una mañana temprano una fuerte lluvia golpeó las ventanas.

ίσως ήταν ήδη σημάδι της ερχόμενης άνοιξης

Tal vez ya era una señal de la llegada de la primavera.

και η υπηρέτρια άρχισε πάλι με τα λεγόμενά της

Y la criada empezó de nuevo con sus dichos.

Ο Γκρέγκορ ήταν τόσο πικραμένος που στράφηκε
εναντίον της σαν να ήθελε να επιτεθεί, έστω και αργά
και αδύναμα
Gregor estaba tan amargado que se volvió contra ella como
para atacarla, aunque lenta y débilmente.
Η υπηρέτρια, όμως, αντί να φοβηθεί, απλώς σήκωσε μια
καρέκλα που ήταν κοντά στην πόρτα
La criada, sin embargo, en lugar de tener miedo, simplemente
levantó una silla que estaba cerca de la puerta.
και καθώς στεκόταν εκεί με το στόμα ορθάνοιχτο, η
πρόθεσή της ήταν ξεκάθαρη
Y mientras estaba allí con la boca abierta, su intención era
clara.
έκλεινε το στόμα της μόνο όταν η καρέκλα στο χέρι της
χτυπούσε την πλάτη του Γκρέγκορ
Ella sólo cerraría la boca cuando la silla en su mano golpeara
la espalda de Gregor.
«Δηλαδή δεν μπορούμε να προχωρήσουμε
περισσότερο;» ρώτησε καθώς ο Γκρέγκορ γύρισε ξανά
«Entonces, ¿no podemos seguir adelante?», preguntó mientras
Gregor se daba la vuelta nuevamente.
και ακούμπησε ήσυχα την καρέκλα στη γωνία
Y silenciosamente volvió a poner la silla en la esquina.
Ο Γκρέγκορ τώρα δεν έτρωγε σχεδόν τίποτα
Gregor ya no comía casi nada.
Μόνο όταν έτυχε να περάσει από το έτοιμο φαγητό,
έβαλε μια μπουκιά στο στόμα του ως παιχνίδι
Sólo cuando pasaba por la comida preparada se llevaba un
bocado a la boca a modo de juego.
αλλά κρατούσε το φαγητό στο στόμα του για ώρες και
μετά συνήθως το έφτυνε ξανά
Pero mantenía la comida en la boca durante horas y luego
normalmente la escupía de nuevo.
Στην αρχή σκέφτηκε ότι ήταν η θλίψη για την
κατάσταση του δωματίου του που τον εμπόδιζε να φάει
Al principio pensó que era la tristeza por el estado de su
habitación lo que le impedía comer.

αλλά σύντομα συμβιβάστηκε με τις αλλαγές στο
δωμάτιο
Pero pronto se adaptó a los cambios en la habitación.
Οι άνθρωποι είχαν συνηθίσει να βάζουν πράγματα που
δεν μπορούσαν να αποθηκευτούν αλλού σε αυτό το
δωμάτιο
La gente había adquirido el hábito de colocar en esta
habitación cosas que no se podían guardar en otro lugar.
και υπήρχαν τώρα πολλά τέτοια πράγματα
Y ahora había muchas cosas así.
γιατί ένα δωμάτιο του διαμερίσματος είχε νοικιαστεί σε
τρεις συγκάτοικοι
porque una habitación del apartamento había sido alquilada a
tres compañeros de piso
Αυτοί οι σοβαροί κύριοι – και οι τρεις είχαν γεμάτα
γένια, όπως παρατήρησε κάποτε ο Γκρέγκορ μέσα από
μια χαραμάδα στην πόρτα – ήταν σχολαστικοί με την
τάξη
Estos señores serios (los tres tenían barba poblada, como
Gregor notó una vez a través de una rendija en la puerta) eran
meticulosos con el orden.
Ήταν σχολαστικοί στο να κρατούν τα πράγματα
τακτοποιημένα όχι μόνο στο δωμάτιό τους
Eran escrupulosos en mantener el orden no sólo en su
habitación.
αλλά ήταν σχολαστικοί σχετικά με την καθαριότητα σε
όλο το διαμέρισμα, ειδικά στην κουζίνα
Pero fueron meticulosos con la limpieza en todo el
apartamento, especialmente en la cocina.
αφού είχαν νοικιάσει ένα δωμάτιο εδώ
ya que habían alquilado una habitación aquí
Δεν άντεχαν τα άχρηστα ή ακόμα και βρώμικα
πράγματα
No soportaban las cosas inútiles o incluso sucias.
Επιπλέον, οι περισσότεροι είχαν φέρει μαζί τους τα δικά
τους έπιπλα
Además, la mayoría de ellos habían traído consigo sus propios

muebles.

Για το λόγο αυτό πολλά πράγματα είχαν γίνει περιττά

Por esta razón, muchas cosas se habían vuelto superfluas.

Πράγματα που δεν μπορούσες να πουλήσεις, αλλά δεν ήθελες να πετάξεις

Cosas que no se podían vender, pero que no se querían tirar

Όλα αυτά μπήκαν στο δωμάτιο του Γκρέγκορ

Todas estas cosas entraron en la habitación de Gregor.

Το κουτί της στάχτης και το κουτί σκουπιδιών από την κουζίνα μεταφέρθηκαν επίσης στο δωμάτιό του

El cajón de cenizas y el cajón de basura de la cocina también fueron llevados a su habitación.

Ό,τι ήταν άχρηστο προς το παρόν, απλώς το πέταξε στο δωμάτιο του Γκρέγκορ η καμαριέρα, που ήταν πάντα βιαστική.

Todo lo que no servía en ese momento lo arrojaba simplemente la criada, siempre con prisa, a la habitación de Gregor.

Ευτυχώς, ο Γκρέγκορ είδε κυρίως μόνο το εν λόγω αντικείμενο και το χέρι που κρατούσε το αντικείμενο

Afortunadamente, Gregor solo vio en su mayor parte el objeto en cuestión y la mano que sostenía el objeto.

Η καμαριέρα μπορεί να σκόπευε να ανακτήσει τα αντικείμενα όταν είχε χρόνο και ευκαιρία

Es posible que la criada tuviera la intención de recuperar los artículos cuando tuviera tiempo y oportunidad.

ή ίσως ήθελε να τα πετάξει όλα έξω με τη μία

o tal vez quería tirarlos a todos a la vez

Στην πραγματικότητα, όλα παρέμειναν εκεί που ήταν με την πρώτη ρίψη

De hecho, todo permaneció donde había estado después del primer lanzamiento.

αν ο Γκρέγκορ δεν περνούσε τα σκουπίδια και τα μετακινούσε

Si Gregor no se hubiera escabullido entre la basura y la hubiera movido

Στην αρχή αναγκάστηκε να το κάνει γιατί δεν υπήρχε

άλλος χώρος για να συρθεί
Al principio se vio obligado a hacerlo porque no había otro
espacio para arrastrarse.
αλλά αργότερα το έκανε με αυξανόμενη ευχαρίστηση
pero luego lo hizo con creciente placer
αν και μετά από τέτοιες βόλτες, κουρασμένος και
θανάσιμα θλιμμένος, δεν κουνήθηκε για ώρες
Aunque después de tales paseos, cansado y mortalmente
entristecido, no se movía durante horas.
Δεδομένου ότι οι ένοικοι μερικές φορές είχαν το δείπνο
τους στο σπίτι στο κοινό σαλόνι, η πόρτα του σαλονιού
παρέμενε κλειστή κάποια βράδια
Como los inquilinos a veces cenaban en casa, en la sala de
estar común, la puerta de la sala permanecía cerrada algunas
noches.
αλλά ο Γκρέγκορ απέφυγε εύκολα να ανοίξει την πόρτα
Pero Gregor se abstuvo fácilmente de abrir la puerta.
δεν είχε ήδη εκμεταλλευτεί πολλά βράδια όταν η πόρτα
ήταν ανοιχτή
Ya no había aprovechado muchas tardes en las que la puerta
estaba abierta.
Χωρίς να το καταλάβει η οικογένεια, είχε ξαπλώσει
στην πιο σκοτεινή γωνία του δωματίου του
Sin que la familia se diera cuenta, él yacía en el rincón más
oscuro de su habitación.
Αλλά μόλις η υπηρέτρια είχε αφήσει την πόρτα του
σαλονιού ελαφρώς ανοιχτή
Pero una vez que la criada dejó la puerta de la sala de estar
ligeramente abierta
και η πόρτα παρέμενε ανοιχτή, ακόμη και όταν οι
ένοικοι μπήκαν το βράδυ και το φως ήταν αναμμένο
y la puerta permaneció abierta, incluso cuando los huéspedes
entraron por la tarde y se encendió la luz.
Κάθισαν στο τραπέζι όπου ο πατέρας, η μητέρα και ο
Γκρέγκορ είχαν καθίσει παλιότερα
Se sentaron a la mesa donde antes se habían sentado padre,
madre y Gregor.

ξεδίπλωσαν τις χαρτοπετσέτες και πήραν στα χέρια
τους μαχαίρια και πιρούνια
Desplegaron las servilletas y tomaron cuchillos y tenedores en
sus manos.
Αμέσως η μητέρα εμφανίστηκε στην πόρτα με ένα μπολ
με κρέας
Inmediatamente la madre apareció en la puerta con un cuenco
de carne.
και ακριβώς πίσω από τη μητέρα εμφανίστηκε η
αδερφή με ένα μπολ με ψηλές πατάτες
Y justo detrás de la madre apareció la hermana con un cuenco
de patatas apiladas en gran cantidad.
Το φαγητό αχνίστηκε με βαρύ καπνό
La comida se cocía al vapor con mucho humo.
Οι ένοικοι έσκυψαν πάνω από τα μπολ που είχαν
τοποθετηθεί μπροστά τους σαν να ήθελαν να ελέγξουν
αν το φαγητό έπρεπε να σταλεί πίσω στην κουζίνα πριν
φάνε.
Los huéspedes se inclinaban sobre los cuencos colocados
frente a ellos como si quisieran comprobar si la comida debía
devolverse a la cocina antes de comer.
και όντως αυτός που καθόταν στη μέση και φαινόταν
ότι ήταν η εξουσία των άλλων δύο έκοψε ένα κομμάτι
κρέας
Y el que estaba sentado en el medio, y parecía tener autoridad
sobre los otros dos, cortó un trozo de carne.
προφανώς για να προσδιορίσει αν το κρέας ήταν
αρκετά τρυφερό
Aparentemente para determinar si la carne estaba lo
suficientemente tierna.
Ήταν ικανοποιημένος με το πώς μύριζε και φαινόταν το
φαγητό
Estaba satisfecho con el olor y el aspecto de la comida.
και η μητέρα και η αδερφή, που παρακολουθούσαν με
ενθουσιασμό, άρχισαν να χαμογελούν με έναν
αναστεναγμό ανακούφισης
Y madre y hermana, que habían estado observando con

emoción, comenzaron a sonreír con un suspiro de alivio.

Η ίδια η οικογένεια έτρωγε στην κουζίνα

La propia familia comía en la cocina.

Ωστόσο, πριν πάει στην κουζίνα, ο πατέρας μπήκε σε αυτό το δωμάτιο

Sin embargo, antes de entrar en la cocina, el padre entró en esta habitación.

και με ένα μονό φιόγκο, με το καπέλο στο χέρι, έκανε ένα κύκλωμα γύρω από το τραπέζι

y con una sola reverencia, gorra en mano, hizo un circuito alrededor de la mesa.

Οι ένοικοι σηκώθηκαν όλοι όρθιοι και μουρμούρισαν κάτι στα γένια τους

Todos los inquilinos se pusieron de pie y murmuraron algo entre sus barbas.

Όταν έμειναν μόνοι, έφαγαν σχεδόν σε απόλυτη ησυχία

Cuando estaban solos, comían en un silencio casi absoluto.

Φαινόταν παράξενο στον Γκρέγκορ ότι, ανάμεσα σε όλους τους διάφορους θορύβους του φαγητού, μπορούσε κανείς πάντα να ακούσει τα δόντια της να μασάει

A Gregor le pareció extraño que, entre todos los ruidos de la comida, siempre se pudiera oír el masticar de los dientes.

σαν να είχε σκοπό να δείξει στον Γκρέγκορ ότι χρειάζεσαι δόντια για να φας

Como si esto tuviera como objetivo mostrarle a Gregor que se necesitan dientes para comer.

και σαν να μην μπορούσαν να κάνουν τίποτα και τα πιο όμορφα χωρίς δόντια σαγόνια

y como si ni siquiera las más bellas mandíbulas desdentadas pudieran hacer nada

Πεινάω, είπε ο Γκρέγκορ ανήσυχα

Tengo hambre, dijo Gregor preocupado.

«αλλά η όρεξή μου δεν είναι για αυτά τα πράγματα»

»Pero mi apetito no es para estas cosas«

«Πώς τρέφονται αυτοί οι κύριοι και χάνομαι!»

"¡Cómo se alimentan estos señores, y yo perezco!"

Μόλις εκείνο το βράδυ ακούστηκε ένας ήχος από την
κουζίνα
Justo esa noche se escuchó un ruido desde la cocina.
Ο Γκρέγκορ δεν θυμόταν να άκουγε το βιολί όλη την
ώρα
Gregor no recordaba haber oído el violín en todo ese tiempo.
Οι κύριοι είχαν ήδη τελειώσει το βραδινό τους γεύμα
Los caballeros ya habían terminado su cena.
ο μεσαίος κύριος είχε βγάλει μια εφημερίδα
El caballero del medio había sacado un periódico.
Στους άλλους δύο κυρίους είχε δώσει από ένα σεντόνι
Les había dado a los otros dos caballeros una hoja a cada uno.
και τώρα γέρναν πίσω και διάβαζαν και κάπνιζαν
Y ahora estaban recostados leyendo y fumando.
Όταν άρχισε να παίζει το βιολί, έγιναν προσεκτικοί
Cuando el violín empezó a tocar, se pusieron atentos.
Σηκώθηκαν όρθιοι και περπάτησαν στις μύτες των
ποδιών μέχρι την πόρτα του προθάλαμου, όπου
στέκονταν μαζεμένοι
Se levantaron y caminaron de puntillas hasta la puerta de la
antesala, donde permanecieron acurrucados juntos.
Πρέπει να τους άκουσαν από την κουζίνα, γιατί ο
πατέρας φώναξε:
Debieron haberlos oído desde la cocina, porque el padre gritó:
Μήπως το βιολί είναι άβολο για τους κυρίους; Μπορεί
να σταματήσει αμέσως.
¿Acaso el violín resulta incómodo para los caballeros? Se
puede parar de tocar de inmediato.
Αντίθετα, είπε ο μέσος των κυρίων
Por el contrario, dijo el medio de los caballeros.
Δεν θα ήθελε η νεαρή κυρία να μπει και να παίξει στο
δωμάτιό μας;
¿A la señorita no le gustaría venir a jugar a nuestra habitación?
"Είναι σίγουρα πολύ πιο άνετα και άνετα εδώ"
«Definitivamente es mucho más cómodo y acogedor aquí«
Ω παρακαλώ, φώναξε ο πατέρας, σαν να ήταν ο
βιολιστής

Oh, por favor, gritó el padre, como si fuera el violinista.
Οι κύριοι επέστρεψαν στο δωμάτιο και περίμεναν
Los caballeros regresaron a la habitación y esperaron.
Σε λίγο ήρθε ο πατέρας με το σταντ, η μητέρα με τη
μουσική και η αδερφή με το βιολί
Al poco rato llegó el padre con el atril, la madre con la música
y la hermana con el violín.
Η αδερφή ήρεμα ετοίμασε τα πάντα για να παίξει βιολί
La hermana preparó todo con calma para tocar el violín.
οι γονείς υπερέβαλαν την ευγένειά τους προς τους
ενοίκους τους
Los padres exageraron su cortesía hacia sus inquilinos.
γιατί δεν είχαν νοικιάσει ποτέ δωμάτια πριν
Porque nunca habían alquilado habitaciones antes
και δεν τολμούσαν να καθίσουν στις δικές τους
καρέκλες
y no se atrevieron a sentarse en sus propias sillas
ο πατέρας έγειρε στην πόρτα, με το δεξί του χέρι
ανάμεσα σε δύο κουμπιά του κλειστού παλτού του
El padre se apoyó contra la puerta, con la mano derecha entre
dos botones de su librea cerrada.
Στη μητέρα, όμως, προσφέρθηκε μια καρέκλα από έναν
κύριο και κάθισε
Sin embargo, un caballero le ofreció una silla a la madre y se
sentó.
Αφού άφησε την καρέκλα όπου την είχε τοποθετήσει
κατά λάθος ο κύριος, κάθισε χωριστά σε μια γωνία
Desde que dejó la silla donde el caballero la había colocado
accidentalmente, se sentó apartada en un rincón.
Η αδερφή άρχισε να παίζει βιολί
La hermana empezó a tocar el violín.
Πατέρας και μητέρα παρακολουθούσαν προσεκτικά τις
κινήσεις των χεριών της
El padre y la madre observaban atentamente los movimientos
de sus manos.
Ο Γκρέγκορ, γοητευμένος από το παίξιμο του βιολιού,
είχε αποτολμήσει λίγο πιο πέρα

Gregor, atraído por la interpretación del violín, se había
aventurado un poco más.
και ήταν ήδη με το κεφάλι στο σαλόνι
y ya estaba con la cabeza en la sala
Δεν ξαφνιάστηκε που είχε δείξει τόσο λίγο ενδιαφέρον
για τους άλλους πρόσφατα
No le sorprendió en absoluto haber mostrado tan poca
consideración hacia los demás últimamente.
Αυτή η εκτίμηση για τους άλλους ήταν προηγουμένως
το καμάρι του
Esta consideración hacia los demás había sido anteriormente
su orgullo.
Και θα είχε περισσότερους λόγους να κρυφτεί τώρα
Y ahora habría tenido más motivos para esconderse.
λόγω της σκόνης που ήταν παντού στο δωμάτιό του και
πετούσε γύρω με την παραμικρή κίνηση, και αυτός
ήταν εντελώς καλυμμένος στη σκόνη
Debido al polvo que había por todas partes en su habitación y
que volaba con el más mínimo movimiento, él también estaba
completamente cubierto de polvo.
Κουβαλούσε κλωστές, μαλλιά και υπολείμματα
φαγητού στην πλάτη και στα πλευρά του
Llevaba hilos, cabellos y restos de comida en la espalda y los
costados.
Η αδιαφορία του για τα πάντα ήταν πολύ μεγάλη για
να ξαπλώσει ανάσκελα και να τρίβεται στο χαλί, όπως
έκανε πολλές φορές την ημέρα
Su indiferencia hacia todo era demasiado grande para que
pudiera tumbarse boca arriba y frotarse contra la alfombra,
como solía hacer varias veces al día.
Και παρά τη συνθήκη αυτή, δεν φοβήθηκε να
προχωρήσει λίγο μπροστά στο άψογο πάτωμα του
σαλονιού
Y a pesar de esta condición, no tuvo miedo de avanzar un
poco sobre el inmaculado piso de la sala.
Ωστόσο, κανείς δεν του έδωσε σημασία
Sin embargo, nadie le prestó atención.

Η οικογένεια ασχολήθηκε πλήρως με το βιολί
La familia estaba completamente ocupada tocando el violín.
οι κύριοι, από την άλλη, αρχικά υποχώρησαν στο
παράθυρο με τα χέρια στις τσέπες
Los caballeros, por el contrario, inicialmente se retiraron a la
ventana con las manos en los bolsillos.
Συνέχισαν τις συζητήσεις τους σε χαμηλούς τόνους με
σκυμμένο το κεφάλι
Continuaron sus conversaciones en voz baja y con la cabeza
gacha.
πολύ κοντά πίσω από το μουσικό περίπτερο της
αδερφής
demasiado cerca detrás del atril de música de la hermana
ώστε να μπορούσε να δει όλες τις μουσικές νότες, που
πρέπει να ενόχλησαν την αδερφή της
para que pudiera ver todas las notas musicales, lo que debe
haber perturbado a su hermana.
παρακολουθούμενοι με ανησυχία από τον πατέρα τους,
παρέμειναν εκεί
Observados con preocupación por su padre, permanecieron
allí.
Φαινόταν πραγματικά σαν να είχαν απογοητευτεί στην
προσδοκία τους να ακούσουν όμορφο ή διασκεδαστικό
βιολί.
Realmente parecía como si hubieran quedado decepcionados
en sus expectativas de escuchar una interpretación de violín
hermosa y entretenida.
θα νόμιζες ότι είχαν βαρεθεί όλοι με την όλη
παράσταση
Uno hubiera pensado que todos estaban hartos de toda la
actuación.
και φαινόταν σαν ότι μόνο από ευγένεια επέτρεψαν
στον εαυτό τους να ταράξουν
Y parecía como si sólo por cortesía se permitieran ser
molestados.
Ειδικά ο τρόπος που φυσούσαν όλοι τον καπνό από τα
πούρα τους στον αέρα από τη μύτη και το στόμα τους

υποδηλώνει μεγάλη νευρικότητα

Especialmente la forma en que todos ellos exhalaban el humo de sus cigarros al aire desde sus narices y bocas sugería un gran nerviosismo.

Κι όμως η αδερφή έπαιξε τόσο όμορφα

Y aún así la hermana tocó tan hermosamente.

Το πρόσωπό της ήταν γερμένο στο πλάι, τα μάτια της έψαχναν και ακολουθούσαν λυπημένα τις μουσικές γραμμές

Su rostro estaba inclinado hacia un lado, sus ojos buscaban y seguían tristemente las líneas musicales.

Ο Γκρέγκορ σύρθηκε λίγο πιο μπροστά

Gregor se arrastró un poco más hacia adelante.

και κράτησε το κεφάλι του κοντά στο έδαφος

y mantuvo su cabeza cerca del suelo

για να συναντήσει ενδεχομένως το βλέμμα τους

para posiblemente encontrar su mirada

Ήταν όντως ζώο; Παρά το γεγονός ότι η μουσική τον συγκίνησε τόσο πολύ;

¿Era realmente un animal, a pesar de que la música lo conmovía tanto?

Ένιωθε σαν να του έδειχναν έναν δρόμο προς την πολυπόθητη τροφή

Sintió como si se le mostrara un camino hacia la nutrición anhelada.

Ήταν αποφασισμένος να φτάσει στην αδερφή του

Estaba decidido a llegar hasta su hermana.

ήθελε να της τραβήξει τη φούστα και να της δείξει ότι θα μπορούσε να μπει στο δωμάτιό του με το βιολί της

Quería tirar de su falda y así indicarle que podía entrar a su habitación con su violín.

γιατί κανείς εδώ δεν την ανταμείβει παίζοντας βιολί με τον τρόπο που ήθελε να ανταμειφθεί

Porque aquí nadie la recompensaba por tocar el violín como él quería.

Δεν ήθελε πια να την αφήσει να βγει από το δωμάτιό του, τουλάχιστον όχι όσο ζούσε

Ya no quería dejarla salir de su habitación, al menos no mientras viviera.

η τρομακτική του φιγούρα έμελλε να του γίνει χρήσιμη για πρώτη φορά

Su aterradora figura le sería útil por primera vez.

Ήθελε να βρίσκεται σε όλες τις πόρτες του δωματίου του ταυτόχρονα και να σφυρίζει στους επιτιθέμενους

Quería estar en todas las puertas de su habitación al mismo tiempo y silbar a los atacantes.

Η αδερφή δεν πρέπει να μείνει μαζί του αναγκαστικά, αλλά οικειοθελώς

La hermana no debe quedarse con él obligadamente, sino voluntariamente.

θα πρέπει να καθίσει δίπλα του στον καναπέ, σκύβοντας το αυτί της προς το μέρος του

Ella debería sentarse a su lado en el sofá, inclinando su oreja hacia él.

και ήθελε να της εκμυστηρευτεί ότι είχε τη σταθερή πρόθεση να τη στείλει στο μουσικό σχολείο

y quería confiarle que tenía la firme intención de enviarla a la escuela de música.

θα το έλεγε σε όλους αυτά τα περασμένα Χριστούγεννα αν δεν είχε παρέμβει το ατύχημα

Se lo habría contado a todo el mundo esta pasada Navidad si el accidente no hubiera intervenido.

θα το έλεγε χωρίς να ανησυχεί για τυχόν αντιρρήσεις

Lo habría dicho sin preocuparse por ninguna objeción.

Τα Χριστούγεννα είχαν ήδη τελειώσει, έτσι δεν είναι;

La Navidad ya había pasado ¿no?

Μετά από αυτή την εξήγηση, η αδερφή ξέσπασε σε δάκρυα συγκίνησης

Tras esta explicación, la hermana estallaría en lágrimas de emoción.

και ο Γκρέγκορ σηκωνόταν μέχρι τη μασχάλη της και τη φιλούσε στο λαιμό

y Gregor se acercaba a su axila y le besaba el cuello

ο λαιμός που φορούσε ελεύθερα χωρίς κορδέλα ή γιακά

από τότε που έπιασε δουλειά

El cuello que llevaba libremente sin cinta ni collar desde que consiguió un trabajo.

»Ο κ. Σάμσα!« φώναξε ο μεσαίος στον πατέρα του

-¡Señor Samsa! -gritó el intermediario a su padre.

και έδειξε, χωρίς να πει άλλη λέξη, με τον δείκτη του τον Γκρέγκορ, που προχωρούσε αργά.

Y, sin decir una palabra más, señaló con el dedo índice a Gregor, que avanzaba lentamente.

Το βιολί σώπασε

El violín se quedó en silencio

Ο μεσαίος συγκάτοικος χαμογέλασε και κούνησε το κεφάλι του στους φίλους του

El compañero de habitación del medio sonrió y negó con la cabeza a sus amigos.

και μετά κοίταξε πίσω στον Γκρέγκορ

Y luego volvió a mirar a Gregor.

Ο πατέρας φαινόταν να θεωρεί πιο απαραίτητο να ηρεμήσει τους κυρίους αντί να διώξει τον Γκρέγκορ.

Al padre le pareció que era más necesario calmar a los caballeros que ahuyentar a Gregor.

αν και δεν ήταν καθόλου ενθουσιασμένοι και ο Γκρέγκορ φαινόταν να τους διασκεδάζει περισσότερο από το βιολί

Aunque no estaban en absoluto entusiasmados y Gregor parecía entretenerlos más que el violín.

Όρμησε κοντά τους και προσπάθησε να τους σπρώξει στο δωμάτιό τους με τεντωμένα τα χέρια

Corrió hacia ellos y trató de empujarlos hacia su habitación con los brazos extendidos.

και ταυτόχρονα προσπάθησε να χρησιμοποιήσει το σώμα του για να εμποδίσει τη θέα τους στον Γκρέγκορ

y al mismo tiempo trató de usar su cuerpo para bloquear la visión de Gregor.

Στην πραγματικότητα θύμωσαν λίγο

En realidad se enojaron un poco.

κανείς δεν ήξερε για τι ακριβώς ήταν θυμωμένοι

Nadie sabía exactamente por qué estaban enojados
η συμπεριφορά του πατέρα θα μπορούσε να ήταν αιτία
για τη διάθεση των κυρίων
La conducta del padre podría haber sido una razón para el
estado de ánimo de los caballeros.
αλλά θα μπορούσαν να ήταν το ίδιο θυμωμένοι που
μόλις τώρα έμαθαν τι είδους συγκάτοικο είχαν
Pero podrían haber estado igualmente enojados porque recién
ahora se enteraron del tipo de compañero de habitación que
tenían.
Ζητούσαν εξηγήσεις από τον πατέρα τους και
τραβούσαν ανήσυχα τα γένια τους
Exigieron explicaciones a su padre y se tiraron inquietos de la
barba.
και υποχώρησαν αργά προς το δωμάτιό τους
y se retiraron lentamente hacia su habitación
Στο μεταξύ, η αδερφή είχε ξεπεράσει το συναίσθημα της
απώλειας αφού ξαφνικά διακόπηκε το βιολί της.
Mientras tanto, la hermana había superado la sensación de
estar perdida después de que su interpretación del violín se
interrumpiera repentinamente.
είχε μαζευτεί ξαφνικά
De repente ella se había recuperado.
αλλά μόνο αφού είχε κρατήσει το βιολί και τον φιόγκο
στα ανέμελα κρεμασμένα χέρια της για λίγο
pero sólo después de haber sostenido el violín y el arco en sus
manos colgando casualmente por un rato
και συνέχισε να κοιτάζει τις μουσικές νότες σαν να
έπαιζε ακόμα
y ella seguía mirando las notas musicales como si todavía
estuviera tocando
είχε βάλει το όργανο στην αγκαλιά της μητέρας της
Ella había colocado el instrumento en el regazo de su madre.
η μητέρα που καθόταν ακόμα στην καρέκλα της με
δυσκολία στην αναπνοή και πνεύμονες που δούλευαν
πολύ
La madre que todavía estaba sentada en su silla con

dificultades para respirar y con los pulmones trabajando
pesadamente.
και είχε τρέξει στο διπλανό δωμάτιο, το οποίο οι κύριοι
πλησίαζαν ήδη πιο γρήγορα με την προτροπή του
πατέρα της
Y ella había corrido a la habitación contigua, a la que los
caballeros ya se acercaban más rápidamente bajo la insistencia
de su padre.
Κάποιος μπορούσε να δει πώς, κάτω από τα επιδέξια
χέρια της αδερφής, οι κουβέρτες και τα μαξιλάρια στα
κρεβάτια πέταξαν στον αέρα και τακτοποιήθηκαν
Se podía ver cómo, bajo las hábiles manos de la hermana, las
mantas y los cojines de las camas volaban por los aires y se
acomodaban.
Πριν καν φτάσουν οι κύριοι στο δωμάτιο, είχε τελειώσει
το στρώσιμο του κρεβατιού και γλίστρησε έξω
Antes de que los caballeros llegaran a la habitación, ella había
terminado de hacer la cama y se había escabullido.
Ο πατέρας φαινόταν να πιάστηκε τόσο πολύ από το
πείσμα του που ξέχασε κάθε σεβασμό που όφειλε στους
ενοικιαστές του
El padre parecía estar tan absorto en su propia terquedad que
olvidó todo el respeto que debía a sus inquilinos.
Απλώς έσπρωχνε και έσπρωχνε μέχρι που η μέση των
κυρίων χτύπησε βροντερά το πόδι του στην πόρτα του
δωματίου.
Él simplemente empujó y empujó hasta que el caballero de en
medio golpeó estruendosamente con el pie la puerta de la
habitación.
και έτσι οδήγησε τον πατέρα σε αδιέξοδο
Y con ello detuvo al padre.
«Δηλώνω με το παρόν», άρχισε
«Por la presente declaro», comenzó.
και σήκωσε το χέρι του και κοίταξε τη μητέρα και την
αδερφή της
y levantó la mano y miró a su madre y a su hermana.
"Λαμβάνοντας υπόψη τις αποκρουστικές συνθήκες που

επικρατούν σε αυτό το διαμέρισμα και την οικογένεια,
ειδοποιώ να αδειάσω το δωμάτιό μου"
»En vista de las condiciones repugnantes que prevalecen en
este apartamento y familia, doy aviso para desocupar mi
habitación«
Αποφάσισε να φτύσει στο έδαφος
Decidió escupir en el suelo.
«Φυσικά, δεν θα πληρώσω τίποτα για τις μέρες που
έζησα εδώ»
»Por supuesto que no pagaré nada por los días que viví aquí«
«Θα εξετάσω, ωστόσο, αν θα υποβάλω απαιτήσεις
εναντίον σας»
»Sin embargo, consideraré si haré alguna exigencia contra
usted«
«και πιστέψτε με, τέτοιες απαιτήσεις θα είναι πολύ
εύκολο να δικαιολογηθούν»
»Y créanme, tales exigencias serán muy fáciles de justificar«
Έμεινε σιωπηλός και κοίταξε ευθεία σαν να περίμενε
κάτι
Estaba en silencio y miraba hacia delante como si estuviera
esperando algo.
Μάλιστα, οι δύο φίλοι του είχαν αμέσως την ίδια ιδέα
De hecho, sus dos amigos inmediatamente tuvieron la misma
idea.
«Ακυρώνουμε επίσης αμέσως τα δωμάτιά μας»
»También cancelaremos nuestras habitaciones de inmediato«
Έπειτα έπιασε το χερούλι της πόρτας και έκλεισε την
πόρτα με ένα χτύπημα
Luego agarró la manija de la puerta y la cerró de golpe.
Ο πατέρας τρεκλίστηκε στην καρέκλα του με τα χέρια
του και άφησε τον εαυτό του να πέσει μέσα της
El padre se tambaleó hasta su silla con manos a tientas y se
dejó caer en ella.
φαινόταν σαν να τεντωνόταν για τον συνηθισμένο
βραδινό του υπνάκο
Parecía como si se estuviera estirando para su siesta
vespertina habitual.

αλλά το δυνατό κούνημα του κεφαλιού του, σαν χωρίς υποστήριξη, έδειχνε ότι δεν κοιμόταν καθόλου
Pero el fuerte movimiento de su cabeza, como si no tuviera apoyo, mostraba que no dormía en absoluto.
Ο Γκρέγκορ ήταν ξαπλωμένος ήσυχα στην πλατεία όλη την ώρα
Gregor había permanecido tumbado tranquilamente en la plaza todo el tiempo.
το μέρος που τον είχαν πιάσει οι κύριοι
El lugar donde los caballeros lo habían atrapado.
του ήταν αδύνατο να κινηθεί
Le resultó imposible moverse
ίσως λόγω της απογοήτευσης για την αποτυχία του σχεδίου του
Quizás por la decepción por el fracaso de su plan.
ή ίσως λόγω της αδυναμίας που προκαλεί η μακρά πείνα
o quizás por la debilidad que le produce el hambre prolongada
Φοβόταν με κάποια βεβαιότητα ότι μια γενική κατάρρευση θα εξαπολυόταν πάνω του
Temía con cierta certeza que se desatara sobre él un colapso general.
και με αυτή την προσδοκία περίμενε
Y con esta expectativa esperó
Ούτε το βιολί δεν τον ξάφνιασε
Ni siquiera el violín lo sobresaltó.
το βιολί που έπεσε από τα τρεμάμενα δάχτυλα της μητέρας της, από την αγκαλιά της
el violín que cayó de los dedos temblorosos de su madre, de su regazo
με έναν ηχηρό ήχο το βιολί έπεσε στο έδαφος
Con un sonido resonante el violín cayó al suelo
«Αγαπητοί γονείς», είπε η αδερφή
«Queridos padres», dijo la hermana.
και χτύπησε το χέρι της στο τραπέζι για να ξεκινήσει
Y dio una palmada en la mesa para empezar.

«Αυτό δεν μπορεί να συνεχιστεί»
«Esto no puede continuar«
«Αν δεν το δεις, το βλέπω εγώ».
"Si tú no lo ves, yo sí lo veo"
«Δεν θα πω το όνομα του αδερφού μου πριν από αυτό το
τέρας»
"No pronunciaré el nombre de mi hermano delante de este
monstruo"
«Γι' αυτό λέω απλώς: πρέπει να προσπαθήσουμε να
απαλλαγούμε από αυτό το ζώο»
»Por eso lo digo: tenemos que intentar deshacernos de este
animal«
Προσπαθήσαμε όσο ανθρωπίνως μπορούμε να
φροντίσουμε και να ανεχτούμε αυτό το ζώο
Hemos intentado, en la medida de lo humanamente posible,
cuidar y tolerar a este animal.
Δεν νομίζω ότι μπορεί κανείς να μας κατηγορήσει στο
ελάχιστο»
«No creo que nadie pueda culparnos en lo más mínimo».
«Έχει χίλιες φορές δίκιο», είπε μέσα του ο πατέρας
«Tiene mil veces razón», se dijo el padre.
Η μητέρα ακόμα δεν μπορούσε να βρει αρκετή ανάσα
La madre todavía no podía encontrar suficiente aliento.
άρχισε να βήχει θαμπά στο χέρι της με μια τρελή
έκφραση στα μάτια της
Ella empezó a toser sordamente en su mano con una expresión
de locura en sus ojos.
Η αδερφή όρμησε στη μητέρα της και της κράτησε το
μέτωπο
La hermana corrió hacia su madre y le agarró la frente.
Ο πατέρας φαινόταν ότι είχε φέρει σε πιο συγκεκριμένες
σκέψεις τα λόγια της αδερφής
Las palabras de la hermana parecieron haber llevado al padre
a pensamientos más definidos.
είχε καθίσει όρθιος και έπαιζε με το καπέλο του
υπηρέτη του ανάμεσα στα πιάτα
Se había sentado erguido y estaba jugando con su gorra de

sirviente entre los platos.

Τα πιάτα που ήταν ακόμα στο τραπέζι από το δείπνο του ενοικιαστή

Los platos que todavía estaban en la mesa de la cena del inquilino.

και μερικές φορές κοιτούσε τον σιωπηλό Γκρέγκορ

Y a veces miraba al silencioso Gregor.

«Πρέπει να προσπαθήσουμε να το ξεφορτωθούμε», είπε η αδερφή αποκλειστικά στον πατέρα

«Tenemos que intentar deshacernos de él», dijo la hermana exclusivamente al padre.

γιατί η μητέρα δεν άκουσε τίποτα στον βήχα της

porque la madre no oía nada al toser

Θα σας σκοτώσει και τους δύο, το βλέπω να έρχεται

Os matará a ambos, lo veo venir.

Αν πρέπει να δουλέψεις τόσο σκληρά όσο όλοι μας, δεν μπορείς να αντέξεις αυτό το συνεχές μαρτύριο στο σπίτι.

Si tienes que trabajar tan duro como todos nosotros, no podrás soportar esta tortura constante en casa.

«Ούτε εγώ μπορώ άλλο»

«Yo tampoco puedo más«

Και ξέσπασε σε κλάματα τόσο βίαια που τα δάκρυά της κύλησαν στο πρόσωπο της μητέρας της

Y estalló en lágrimas tan violentamente que sus lágrimas corrieron sobre el rostro de su madre.

τα δάκρυα σκούπισε με μηχανικές κινήσεις των χεριών της

Lágrimas que se secó con movimientos mecánicos de las manos.

Παιδί, είπε ο πατέρας με συμπόνια και με εντυπωσιακή κατανόηση

Niño, dijo el padre con compasión y con sorprendente comprensión.

«αλλά τι να κάνουμε;»

«Pero ¿qué debemos hacer?»

Η αδερφή απλώς ανασήκωσε τους ώμους της σε ένδειξη αδυναμίας

La hermana simplemente se encogió de hombros en señal de impotencia.

η ανικανότητα την έπιασε τώρα ενώ έκλαιγε, σε αντίθεση με την προηγούμενη εμπιστοσύνη της

La impotencia ahora se apoderó de ella mientras lloraba, en contraste con su confianza anterior.

Μακάρι να μας καταλάβαινε, είπε ο πατέρας μισά ερωτηματικά

Si nos entendiera, dijo el padre medio interrogante.

η αδερφή της έσφιξε το χέρι βίαια ενώ έκλαιγε

La hermana sacudió su mano violentamente mientras lloraba.

για να σηματοδοτήσει ότι αυτό δεν πρέπει να το σκεφτούμε

Para señalar que no se debe pensar en esto

Να μας καταλάβαινε, επανέλαβε ο πατέρας

Si tan sólo nos entendiera, repetía el padre.

και κλείνοντας τα μάτια του αποδέχτηκε την πεποίθηση της αδερφής του ότι αυτό ήταν αδύνατο

Y cerrando los ojos aceptó la convicción de su hermana de que eso era imposible.

«τότε ίσως μια συμφωνία μαζί του θα ήταν δυνατή»

»Entonces quizás sería posible un acuerdo con él«

"Αλλά όπως είναι..."

»Pero así como están las cosas...«

«Πρέπει να φύγει», φώναξε η αδερφή

«Tiene que irse», gritó la hermana.

«Αυτή είναι η μόνη λύση, πατέρα»

«Esa es la única solución, padre«

Απλά πρέπει να προσπαθήσεις να απαλλαγείς από τη σκέψη ότι είναι ο Γκρέγκορ

Sólo hay que intentar deshacerse del pensamiento de que es Gregor.

«Το γεγονός ότι το πιστεύαμε τόσο καιρό είναι η πραγματική μας ατυχία».

"El hecho de que lo hayamos creído durante tanto tiempo es nuestra verdadera desgracia".

«Μα πώς μπορεί να είναι ο Γκρέγκορ;»

»¿Pero cómo puede ser Gregorio?«
Αν ήταν ο Γκρέγκορ, θα το είχε συνειδητοποιήσει προ
πολλού
Si fuera Gregor, se habría dado cuenta hace mucho tiempo.
«δεν είναι δυνατή η συνύπαρξη ανθρώπων με ένα τέτοιο
ζώο»
»La coexistencia del hombre con un animal así no es posible«
«και θα είχε φύγει οικειοθελώς»
»y se hubiera ido voluntariamente«
«Τότε δεν θα είχαμε αδελφό, αλλά θα μπορούσαμε να
συνεχίσουμε να ζούμε και να τιμούμε τη μνήμη του».
"Entonces no tendríamos hermano, pero podríamos seguir
viviendo y honrando su memoria".
«Αλλά αυτό το θηρίο μας καταδιώκει και διώχνει τους
ενοικιαστές μας».
"Pero esta bestia nos persigue y ahuyenta a nuestros
labradores".
«προφανώς θέλει να καταλάβει όλο το διαμέρισμα και
να μας κάνει να κοιμηθούμε στο δρόμο»
»Es evidente que quiere apoderarse de todo el apartamento y
hacernos dormir en la calle«
Κοίτα, πατέρα, φώναξε ξαφνικά, «ξαναρχίζει!».
Mira, padre, gritó de repente, "¡está empezando de nuevo!"
Και με μια φρίκη που ο Γκρέγκορ δεν μπορούσε να
καταλάβει, η αδερφή του άφησε ακόμη και τη μητέρα
του
Y en un horror que Gregor no podía comprender, su hermana
incluso abandonó a su madre.
κυριολεκτικά έσπρωξε τον εαυτό της μακριά από την
καρέκλα της σαν να ήθελε να θυσιάσει τη μητέρα της
Ella literalmente se apartó de su silla como si quisiera
sacrificar a su madre.
καλύτερα από το να μείνεις κοντά στον Γκρέγκορ
Mejor eso que quedarse cerca de Gregor
και όρμησε πίσω από τον πατέρα της, ο οποίος, απλώς
ταραγμένος από τη συμπεριφορά της, σηκώθηκε κι
αυτός όρθιος

Y corrió detrás de su padre, quien, simplemente agitado por su comportamiento, también se puso de pie.

και σήκωσε μισά τα χέρια του, σαν να προστατεύει την αδερφή του

y levantó a medias los brazos, como para proteger a su hermana.

Όμως ο Γκρέγκορ δεν σκέφτηκε ποτέ να προσπαθήσει να τρομάξει κανέναν, ειδικά την αδερφή του

Pero Gregor nunca pensó en intentar asustar a nadie, especialmente a su hermana.

Μόλις είχε αρχίσει να γυρίζει για να επιστρέψει στο δωμάτιό του

Apenas había empezado a darse la vuelta para regresar a su habitación.

αλλά λόγω της ταλαιπωρίας του, έπρεπε να χρησιμοποιήσει το κεφάλι του για να βοηθήσει στις δύσκολες στροφές

Pero debido a su condición de sufrimiento, tuvo que usar su cabeza para ayudarse con los giros difíciles.

τα πόδια τα οποία σήκωσε πολλές φορές και χτύπησε στο έδαφος

Las piernas que levantó muchas veces y golpeó el suelo.

Έκανε μια παύση και κοίταξε τριγύρω

Hizo una pausa y miró a su alrededor.

Η καλή του πρόθεση φάνηκε να έχει αναγνωριστεί

Su buena intención parecía haber sido reconocida.

ήταν μόνο ένα στιγμιαίο σοκ

Fue solo un shock momentáneo

Τώρα όλοι τον κοιτούσαν σιωπηλά και θλιμμένα

Ahora todos lo miraban en silencio y con tristeza.

Η μητέρα ξάπλωσε στην πολυθρόνα της, τα πόδια της τεντωμένα και πιεσμένα μεταξύ τους, τα μάτια της σχεδόν κλειστά από την εξάντληση

La madre yacía en su sillón, con las piernas estiradas y apretadas, los ojos casi cerrados por el cansancio.

ο πατέρας και η αδερφή κάθισαν ο ένας δίπλα στον άλλο, η αδερφή είχε βάλει το χέρι της στο λαιμό του

πατέρα
El padre y la hermana estaban sentados uno al lado del otro, la
hermana había puesto su mano alrededor del cuello del padre.
«Τώρα ίσως γυρίσω πίσω», σκέφτηκε ο Γκρέγκορ και
άρχισε πάλι τη δουλειά του
«Quizás ahora pueda darme la vuelta», pensó Gregor y
reanudó su trabajo.
Δεν μπόρεσε να καταπνίξει την ανάσα της προσπάθειας
No pudo reprimir el jadeo de esfuerzo.
και έπρεπε επίσης να ξεκουράζεται εδώ κι εκεί
y también tuvo que descansar aquí y allá
Επιπλέον, κανείς δεν τον προέτρεψε
Además, nadie lo instó.
όλα του έμειναν
Todo quedó en sus manos
Όταν ολοκλήρωσε τη στροφή, άρχισε αμέσως να
περπατά ευθεία πίσω
Cuando hubo completado el giro, inmediatamente comenzó a
caminar en línea recta hacia atrás.
Έμεινε έκπληκτος με τη μεγάλη απόσταση που τον
χώριζε από το δωμάτιό του
Se sorprendió de la gran distancia que lo separaba de su
habitación.
και δεν καταλάβαινε πώς, μέσα στην αδυναμία του, είχε
διανύσει πρόσφατα τον ίδιο δρόμο σχεδόν χωρίς να το
προσέξει
y no comprendía cómo, en su debilidad, había recorrido
recientemente el mismo camino casi sin darse cuenta.
Πάντα προσηλωμένος στο να σέρνεται γρήγορα, δεν
έδινε σχεδόν καθόλου σημασία στο γεγονός ότι καμία
λέξη, κανένα επιφώνημα από την οικογένειά του δεν
τον ενόχλησε.
Siempre decidido a gatear rápidamente, apenas prestaba
atención al hecho de que ninguna palabra, ninguna
exclamación de su familia lo perturbaba.
Μόνο όταν ήταν ήδη στην πόρτα γύρισε το κεφάλι του,
αλλά όχι εντελώς

Sólo cuando ya estaba en la puerta giró la cabeza, pero no del todo.

γιατί ένιωσε τον λαιμό του να σκληραίνει

porque sintió que se le ponía rígido el cuello

τουλάχιστον είδε ότι τίποτα δεν είχε αλλάξει πίσω του, μόνο η αδερφή είχε σηκωθεί

Al menos vio que nada había cambiado detrás de él, solo la hermana se había puesto de pié.

Η τελευταία του ματιά ήταν στη μητέρα του, που πλέον κοιμόταν τελείως

Su última mirada fue hacia su madre, que ahora estaba completamente dormida.

Μόλις βρέθηκε μέσα στο δωμάτιό του, η πόρτα έκλεισε βιαστικά, βιδώθηκε και κλειδώθηκε

Tan pronto como estuvo dentro de su habitación, la puerta fue cerrada apresuradamente, con pestillo y llave.

Ο Γκρέγκορ τρόμαξε τόσο πολύ από τον ξαφνικό θόρυβο πίσω του που τα πόδια του λύγισαν

Gregor se asustó tanto por el ruido repentino detrás de él que sus piernas se doblaron.

Ήταν η αδερφή που είχε ορμήσει στην πόρτα

Fue la hermana quien corrió hacia la puerta.

Είχε ήδη σταθεί εκεί όρθια και περίμενε

Ella ya estaba allí parada y esperando.

Στη συνέχεια πήδηξε ελαφρά μπροστά

Luego saltó hacia adelante ligeramente.

Ο Γκρέγκορ δεν την είχε ακούσει καν να έρχεται

Gregor ni siquiera la había oído venir.

και "Επιτέλους!" φώναξε τους γονείς της καθώς γύριζε το κλειδί στην κλειδαριά

Y "¡Por fin!", gritó a sus padres mientras giraba la llave en la cerradura.

«Και τώρα;» αναρωτήθηκε ο Γκρέγκορ και κοίταξε γύρω του στο σκοτάδι

«¿Y ahora?», se preguntó Gregor y miró a su alrededor en la oscuridad.

Σύντομα ανακάλυψε ότι δεν μπορούσε πλέον να κινηθεί

καθόλου

Pronto descubrió que ya no podía moverse en absoluto.

Δεν ξαφνιάστηκε

No se sorprendió

μάλλον του φαινόταν αφύσικο ότι μπορούσε να κινηθεί
με αυτά τα λεπτά ποδαράκια μέχρι τώρα

Más bien, le parecía antinatural que hasta ahora hubiera
podido moverse con esas delgadas patitas.

Κατά τα άλλα ένιωθε σχετικά άνετα

Por lo demás se sentía relativamente cómodo.

Αν και είχε πόνο σε όλο του το σώμα, ένιωθε σαν να
αδυνατίζει σταδιακά και να εξαφανίζεται τελείως

Aunque tenía dolor en todo el cuerpo, sentía como si poco a
poco se debilitara cada vez más y finalmente desapareciera
por completo.

Μετά βίας ένιωσε το σάπιο μήλο στην πλάτη του και
την περιοχή που είχε φλεγμονή, που ήταν εντελώς
καλυμμένη με απαλή σκόνη.

Apenas sentía la manzana podrida en su espalda y la zona
inflamada, que estaba completamente cubierta de polvo suave.

Σκέφτηκε την οικογένειά του με συγκίνηση και αγάπη

Recordó a su familia con emoción y amor.

Η γνώμη του ότι έπρεπε να εξαφανιστεί ήταν ίσως
ακόμη πιο καθοριστική από εκείνη της αδερφής του

Su opinión de que debía desaparecer fue quizás incluso más
decisiva que la de su hermana.

Παρέμεινε σε αυτή την κατάσταση κενού και ειρηνικού
στοχασμού μέχρι που το ρολόι του πύργου χτύπησε
τρεις το πρωί.

Permaneció en este estado de contemplación vacía y pacífica
hasta que el reloj de la torre dio las tres de la mañana.

Δεν βίωσε την αρχή της γενικής λάμψης έξω από το
παράθυρο

No experimentó el comienzo del aclaramiento general fuera
de la ventana.

Τότε το κεφάλι του βυθίστηκε εντελώς χωρίς τη θέλησή
του και η τελευταία του πνοή κύλησε αδύναμα από τα

ρουθούνια του

Entonces su cabeza se hundió completamente sin su voluntad, y su último aliento fluyó débilmente de sus fosas nasales.

Όταν η υπηρέτρια ήρθε νωρίς το πρωί, δεν βρήκε τίποτα ασυνήθιστο κατά τη συνήθη σύντομη επίσκεψή της στον Γκρέγκορ

Cuando la criada llegó temprano por la mañana, no encontró nada inusual durante su habitual y corta visita a Gregor.

Από απόλυτη δύναμη και βιασύνη, χτύπησε όλες τις πόρτες τόσο δυνατά που δεν ήταν δυνατός ο ήρεμος ύπνος σε ολόκληρο το διαμέρισμα

Por pura fuerza y prisa, cerró todas las puertas con tanta fuerza que no fue posible dormir tranquilo en todo el apartamento.

παρά το γεγονός ότι του ζητήθηκε να το αποφύγει αυτό

A pesar de que se me pidió evitar esto

Νόμιζε ότι ήταν ξαπλωμένος εκεί τόσο ακίνητος επίτηδες και έπαιζε το προσβεβλημένο πάρτι

Ella pensó que él estaba allí acostado tan inmóvil a propósito y que estaba jugando a ser la parte ofendida.

του εμπιστευόταν ότι είχε κάθε λογής εξυπνάδα

Ella confiaba en que él tenía todo tipo de inteligencia.

Επειδή έτυχε να κρατάει τη μακριά σκούπα στο χέρι της, προσπάθησε να γαργαλήσει με αυτήν τον Γκρέγκορ από την πόρτα

Como tenía en la mano la escoba larga, intentó hacerle cosquillas a Gregor con ella desde la puerta.

Όταν δεν είχε επιτυχία, θύμωσε

Cuando no hubo éxito, ella se enojó.

και έσπρωξε λίγο τον Γκρέγκορ

Y empujó un poco a Gregor.

και μόνο όταν τον είχε σπρώξει από τη θέση του χωρίς καμία αντίσταση, αντιλήφθηκε

Y sólo cuando lo empujó de su lugar sin ninguna resistencia se dio cuenta.

Όταν σύντομα συνειδητοποίησε τα αληθινά γεγονότα, άνοιξε διάπλατα τα μάτια της

Cuando pronto se dio cuenta de los verdaderos hechos, abrió mucho los ojos.

Σφύριξε στον εαυτό της, αλλά δεν έμεινε πολύ

Ella silbó para sí misma, pero no se quedó mucho tiempo.

αλλά άνοιξε την πόρτα της κρεβατοκάμαρας

pero ella abrió la puerta del dormitorio

και φώναξε με δυνατή φωνή στο σκοτάδι

Y gritó a gran voz en la oscuridad.

"Απλώς κοίτα το, πέθανε"

«Sólo míralo, murió«

«Εκεί βρίσκεται, εντελώς νεκρό!»

»¡Allí yace, completamente muerto!«

Το ζεύγος Samsa κάθισε όρθιο στο συζυγικό τους κρεβάτι και έπρεπε να ξεπεράσει το σοκ στην καμαριέρα

La pareja Samsa se sentó erguida en su cama matrimonial y tuvo que superar la sorpresa ante la criada.

πριν καταστεί δυνατή η λήψη του μηνύματός τους

Antes de que fuera posible recibir su mensaje

Αλλά τότε ο κύριος και η κυρία Σάμσα, ο καθένας στο πλευρό του, σηκώθηκαν βιαστικά από το κρεβάτι

Pero entonces el señor y la señora Samsa, cada uno por su lado, se levantaron apresuradamente de la cama.

Ο κύριος Σάμσα πέταξε την κουβέρτα στους ώμους του

El señor Samsa se echó la manta sobre los hombros.

Η κυρία Σάμσα βγήκε μόνο με το νυχτικό της

La señora Samsa salió sólo en camisón.

έτσι μπήκαν στο δωμάτιο του Γκρέγκορ

Así que entraron en la habitación de Gregor.

Στο μεταξύ είχε ανοίξει και η πόρτα του σαλονιού

Mientras tanto, la puerta de la sala de estar también se había abierto.

το σαλόνι όπου κοιμόταν η Γκρέτε από τότε που μετακόμισαν οι ένοικοι

La sala de estar donde Grete dormía desde que se mudaron los inquilinos.

ήταν φουλ ντυμένη σαν να μην είχε κοιμηθεί καθόλου

Estaba completamente vestida como si no hubiera dormido en absoluto.

Το χλωμό της πρόσωπο φαινόταν να το αποδεικνύει κι αυτό

Su pálido rostro también parecía demostrarlo.

«Νεκρός;» είπε η κυρία Σάμσα και κοίταξε ερωτηματικά την καμαριέρα

«¿Muerta?», dijo la señora Samsa y miró interrogativamente a la criada.

αν και μπορούσε να ελέγξει τα πάντα μόνη της και μάλιστα να τα αναγνωρίσει χωρίς να ελέγξει

Aunque ella misma podía comprobarlo todo e incluso reconocerlo sin comprobarlo.

Νομίζω ότι ναι, είπε η υπηρέτρια, και για να το αποδείξει, έσπρωξε το σώμα του Γκρέγκορ πολύ στο πλάι με τη σκούπα.

-Creo que sí -dijo la criada, y para demostrarlo empujó con la escoba el cuerpo de Gregor bastante lejos hacia un lado.

Η κυρία Σάμσα έκανε μια κίνηση σαν να ήθελε να συγκρατήσει τη σκούπα, αλλά δεν το έκανε

La señora Samsa hizo un movimiento como si quisiera retener la escoba, pero no lo hizo.

Λοιπόν, είπε ο κ. Σάμσα, «τώρα μπορούμε να ευχαριστήσουμε τον Θεό».

Bueno, dijo el señor Samsa, "ahora podemos dar gracias a Dios".

Σταυρώθηκε και οι τρεις γυναίκες ακολούθησαν το παράδειγμά του

Se persignó y las tres mujeres siguieron su ejemplo.

Η Γκρέτε, που δεν πήρε τα μάτια της από το πτώμα, είπε: «Κοίτα πόσο αδύνατος ήταν».

Grete, que no apartaba la vista del cadáver, dijo: "Mira qué delgado estaba".

«Τόσο καιρό δεν έχει φάει τίποτα»

«Hace mucho tiempo que no come nada»

"Καθώς μπήκε το φαγητό, βγήκε ξανά"

"A medida que la comida entraba, volvía a salir"

Στην πραγματικότητα, το σώμα του Γκρέγκορ ήταν
εντελώς επίπεδο και στεγνό
De hecho, el cuerpo de Gregor estaba completamente plano y
seco.
Κάποιος το παρατήρησε μόνο τώρα, καθώς δεν τον
σήκωναν πλέον τα πόδια του
Uno sólo se dio cuenta de esto ahora, cuando ya no lo
levantaban por las piernas.
και επειδή τίποτα άλλο δεν αποσπούσε την προσοχή
της θέας
y porque nada más distraía la vista
«Έλα μαζί μας για λίγο, Γκρέτε», είπε η κυρία Σάμσα με
ένα θλιβερό χαμόγελο
-Ven un rato con nosotros, Grete -dijo la señora Samsa con una
sonrisa melancólica.
και η Γκρέτε, χωρίς να κοιτάξει πίσω στο πτώμα,
ακολούθησε τους γονείς της στην κρεβατοκάμαρα
y Grete, no sin mirar atrás el cadáver, siguió a sus padres
hasta el dormitorio.
Η υπηρέτρια έκλεισε την πόρτα και άνοιξε εντελώς το
παράθυρο
La criada cerró la puerta y abrió la ventana por completo.
Παρά το ξημέρωμα, ο καθαρός αέρας ήταν ήδη λίγο
χλιαρός
A pesar de ser temprano por la mañana, el aire fresco ya
estaba un poco tibio.
Ήταν ήδη τέλος Μαρτίου
Ya era finales de marzo
Οι τρεις ένοικοι βγήκαν από το δωμάτιό τους και
κοίταξαν γύρω τους έκπληκτοι μετά το πρωινό τους
Los tres inquilinos salieron de su habitación y miraron a su
alrededor con asombro después del desayuno.
Λόγω αυτού που βρήκε η υπηρέτρια είχε ξεχαστεί
Por lo que la criada encontró, ella había sido olvidada.
«Πού είναι το πρωινό;» ρώτησε γκρινιάρης ο μεσαίος
κύριος τη σερβιτόρα
«¿Dónde está el desayuno?», preguntó malhumorado el señor

del medio a la camarera.

Η υπηρέτρια έβαλε το δάχτυλό της στο στόμα της και μετά έγνεψε βιαστικά και σιωπηλά στους κυρίους

La criada se llevó el dedo a la boca y luego, apresurada y silenciosamente, saludó a los caballeros.

να τους πει ότι θέλουν να έρθουν στο δωμάτιο του Γκρέγκορ

Para decirles que quieren ir a la habitación de Gregor.

Ήρθαν και στάθηκαν γύρω από το σώμα του Γκρέγκορ στο πολύ φωτεινό πια δωμάτιο

Vinieron y se quedaron alrededor del cuerpo de Gregor en la habitación ahora muy iluminada.

Μετά άνοιξε η πόρτα του υπνοδωματίου

Entonces la puerta del dormitorio se abrió.

και ο κύριος Σάμσα εμφανίστηκε στο λιβερί του, η γυναίκα του στο ένα χέρι, η κόρη του στο άλλο

Y el señor Samsa apareció con su librea, su esposa en un brazo, su hija en el otro.

Όλοι ήταν λίγο δακρυσμένοι

Todos estaban un poco llorosos.

Η Γκρέτε πίεζε μερικές φορές το πρόσωπό της στο χέρι του πατέρα της

A veces Grete apretaba su cara contra el brazo de su padre.

«Φύγετε αμέσως από το διαμέρισμά μου!» είπε ο κύριος Σάμσα και έδειξε την πόρτα χωρίς να αφήσει τις γυναίκες να πάνε

«¡Salid de mi apartamento inmediatamente!», dijo el señor Samsa y señaló la puerta sin dejar salir a las mujeres.

«Τι εννοείς;» είπε ο μεσαίος, κάπως απογοητευμένος, και χαμογέλασε γλυκά

-¿Qué quieres decir? -dijo el intermediario, algo consternado, y sonrió dulcemente.

Οι άλλοι δύο κρατούσαν τα χέρια τους πίσω από την πλάτη τους και τα έτριβαν συνέχεια μεταξύ τους

Los otros dos se pusieron las manos detrás de la espalda y las frotaron continuamente.

σαν να περιμένουν χαρούμενη μια μεγάλη διαμάχη, που

έπρεπε να τους εξελιχθεί ευνοϊκά

como si estuvieran en alegre anticipación de una gran disputa, que tenía que resultar favorable para ellos

Εννοώ ακριβώς αυτό που λέω, απάντησε ο κ. Σάμσα

Quiero decir exactamente lo que digo, respondió el señor Samsa.

και περπάτησε σε μια γραμμή με τους δύο συντρόφους του προς τους κυρίους

y caminó en fila con sus dos compañeros hacia los caballeros.

Αυτός ο κύριος αρχικά στάθηκε ακίνητος και κοίταξε το έδαφος

Este caballero primero se quedó quieto y miró al suelo.

σαν τα πράγματα στο κεφάλι του να τακτοποιούνταν σε μια νέα τάξη

Como si las cosas en su cabeza se estuvieran organizando en un nuevo orden.

«Τότε πάμε», είπε και σήκωσε το βλέμμα στον κύριο Σάμσα

«Entonces vámonos», dijo y miró al señor Samsa.

λες και με ταπεινοφροσύνη που τον κυρίευσε ξαφνικά, ζητούσε νέα έγκριση ακόμα και γι' αυτή την απόφαση

como si, en una humildad que lo invadió de repente, exigiera una nueva aprobación incluso para esta decisión.

Ο κύριος Σάμσα απλώς του έγνεψε καταφατικά πολλές φορές με γουρλωμένα μάτια

El señor Samsa simplemente asintió con la cabeza varias veces con los ojos muy abiertos.

Ο κύριος τότε μπήκε αμέσως με μεγάλα βήματα στον προθάλαμο

El caballero se dirigió inmediatamente a grandes zancadas hacia la antesala.

οι δύο φίλοι του άκουγαν με πολύ σταθερά χέρια για λίγο

Sus dos amigos habían estado escuchando con manos muy firmes durante un rato.

και πηδούσαν τώρα πίσω του, σαν φοβισμένοι

y ahora saltaban tras él, como si tuvieran miedo.

σαν να μπορούσε ο κύριος Σάμσα να μπει στον προθάλαμο πριν από αυτούς και να διακόψει τη σύνδεση με τον αρχηγό τους

Como si el señor Samsa pudiera entrar en la antesala antes que ellos e interrumpir la conexión con su líder.

Στον προθάλαμο και οι τρεις έβγαλαν τα καπέλα τους από τη σχάρα

En la antesala, los tres cogieron sus sombreros del perchero.

έβγαλαν τα ραβδιά τους από το δοχείο με το ραβδί

Sacaron sus palos del contenedor de palos

και υποκλίθηκαν σιωπηλά και έφυγαν από το διαμέρισμα

Y se inclinaron en silencio y salieron del apartamento.

Σε μια εντελώς αβάσιμη δυσπιστία, ο κ. **Samsa** βγήκε στον προαύλιο χώρο με τις δύο γυναίκες

En lo que resultó ser una desconfianza completamente infundada, el Sr. Samsa salió a la explanada con las dos mujeres.

Ακουμπισμένοι στο κάγκελο, είδαν τους τρεις κύριους να κατεβαίνουν αργά αλλά σταθερά τη μακριά σκάλα

Apoyados en la barandilla, observaron cómo los tres caballeros descendían lenta pero constantemente la larga escalera.

σε κάθε όροφο σε μια ορισμένη στροφή της σκάλας εξαφανίστηκαν

En cada piso, en una determinada curva de la escalera, desaparecieron.

και μετά από λίγες στιγμές εμφανίστηκαν ξανά

y después de unos momentos aparecieron de nuevo

όσο προχωρούσαν, τόσο περισσότερο η οικογένεια Σάμσα έχανε το ενδιαφέρον της γι' αυτούς

Cuanto más avanzaban, más perdía interés la familia Samsa en ellos.

και όλοι γύρισαν πίσω στο σπίτι, σαν ανακουφισμένοι

y todos regresaron a casa, como si estuvieran aliviados.

Αποφάσισαν να χρησιμοποιήσουν τη σημερινή μέρα για να ξεκουραστούν και να περπατήσουν

Decidieron aprovechar el día para descansar y caminar.

Όχι μόνο τους άξιζε αυτό το διάλειμμα από τη δουλειά, αλλά το είχαν απολύτως ανάγκη

No sólo merecían este descanso del trabajo, sino que lo necesitaban absolutamente.

Κι έτσι κάθισαν στο τραπέζι και έγραψαν τρεις επιστολές συγγνώμης

Y entonces se sentaron a la mesa y escribieron tres cartas de disculpa.

Ο κ. Σάμσα έγραψε την επιστολή του στη διοίκηση του

El señor Samsa escribió su carta a su dirección.

Η κυρία Σάμσα έγραψε την επιστολή της στους πελάτες της

La señora Samsa escribió su carta a sus clientes.

και η Γκρέτε έγραψε το γράμμα της στον διευθυντή της

y Grete escribió su carta a su director

Ενώ έγραφαν όλοι, μπήκε η υπηρέτρια να πει ότι φεύγει

Mientras todos escribían, entró la criada para decir que se iba.

γιατί η πρωινή της δουλειά είχε τελειώσει

porque su trabajo matutino había terminado

Οι τρεις συγγραφείς απλώς έγνεψαν καταφατικά στην αρχή χωρίς να κοιτάξουν ψηλά

Los tres escritores simplemente asintieron al principio sin levantar la vista.

Μόνο όταν η σερβιτόρα δεν ήθελε ακόμα να φύγει, την κοίταξαν θυμωμένα

Sólo cuando la camarera todavía no quería irse, la miraron con enojo.

«Λοιπόν;» ρώτησε ο κύριος Σάμσα

- ¿Y bien? - preguntó el señor Samsa.

Η σερβιτόρα στάθηκε χαμογελαστή στην πόρτα

La camarera estaba parada sonriendo en la puerta.

σαν να είχε μεγάλη περιουσία να αναφέρει στην οικογένεια

Como si tuviera una gran fortuna que contar a la familia.

αλλά θα το έκανε μόνο αν την ανακρίνονταν ενδελεχώς

Pero ella sólo lo haría si la interrogaran a fondo.

Το σχεδόν όρθιο μικρό φτερό στρουθοκαμήλου στο
καπέλο της ταλαντεύτηκε ελαφρά προς όλες τις
κατευθύνσεις

La pequeña pluma de avestruz casi erguida de su sombrero se
balanceaba ligeramente en todas direcciones.

Ο κύριος Σάμσα ενοχλήθηκε από το φτερό της
στρουθοκαμήλου σε όλη της τη λειτουργία

Al señor Samsa le molestó la pluma de avestruz durante todo
su servicio.

«Λοιπόν, τι θέλετε πραγματικά;» ρώτησε η κυρία Σάμσα

«¿Qué es lo que realmente quieres?», preguntó la señora
Samsa.

η σερβιτόρα έτρεφε ακόμα τον περισσότερο σεβασμό
για την κυρία Σάμσα

La camarera todavía tenía el mayor respeto por la señora
Samsa.

Ναι, απάντησε η καμαριέρα, μη μπορώντας να
συνεχίσει να μιλάει από το φιλικό της γέλιο

Sí, respondió la criada, incapaz de seguir hablando debido a
su risa amistosa.

«Έτσι δεν χρειάζεται να ανησυχείτε για το πώς θα
απαλλαγείτε από τα πράγματα της διπλανής πόρτας»

»Así no tendrás que preocuparte por cómo deshacerte de las
cosas de al lado«

Θα το τακτοποιήσω, είναι μια χαρά, πρόσθεσε.

Lo solucionaré, está bien, añadió.

Η κυρία Σάμσα και η Γκρέτε έσκυψαν στα γράμματά
τους σαν να ήθελαν να συνεχίσουν να γράφουν

La señora Samsa y Grete se inclinaron sobre sus cartas como si
quisieran seguir escribiendo.

Ο κύριος Σάμσα παρατήρησε ότι η σερβιτόρα ήθελε
τώρα να αρχίσει να περιγράφει τα πάντα λεπτομερώς

El señor Samsa se dio cuenta de que la camarera ahora quería
comenzar a describir todo en detalle.

αλλά το απέρριψε αποφασιστικά με ένα απλωμένο χέρι

Pero él lo rechazó resueltamente con la mano extendida.

Επειδή όμως δεν της επέτρεψαν να το πει, θυμήθηκε τη

μεγάλη βιασύνη που είχε

Pero como no le permitían contarlo, recordó la gran prisa que tenía.

Φώναξε, φανερά προσβεβλημένη: «Άντιου όλοι», και γύρισε άγρια

Ella gritó, visiblemente insultada: «Adiós a todos», y se dio la vuelta violentamente.

και έφυγε από το διαμέρισμα με ένα τρομερό χτύπημα της πόρτας

y salió del apartamento dando un portazo terrible

«Θα αφεθεί ελεύθερη το βράδυ», είπε ο κ. Σάμσα

«Será liberada por la tarde», dijo el señor Samsa.

αλλά δεν έλαβε απάντηση ούτε από τη γυναίκα του ούτε από την κόρη του

Pero no recibió respuesta ni de su esposa ni de su hija.

επειδή η υπηρέτρια φαινόταν να την είχε αναστατώσει μόλις και μετά βίας ξαναβρήκε την ηρεμία

porque la criada parecía haberla molestado apenas recuperó la paz nuevamente

Σηκώθηκαν, πήγαν στο παράθυρο και έμειναν εκεί, κρατώντας ο ένας τον άλλον

Se levantaron, fueron a la ventana y se quedaron allí, abrazados.

Ο κύριος Σάμσα γύρισε στην καρέκλα του και τους παρακολούθησε ήσυχα για λίγο

El señor Samsa se dio la vuelta en su silla y los observó en silencio durante un rato.

Τότε φώναξε: «Έλα λοιπόν εδώ».

Entonces gritó: «¡Venid aquí!»

«Ας αφήσουμε πίσω τα παλιά»

»Dejemos atrás las cosas viejas«

«Σε παρακαλώ να είσαι λίγο προσεκτικός μαζί μου»

»Por favor, ten un poco de consideración conmigo«

Οι γυναίκες τον ακολούθησαν αμέσως, όρμησαν κοντά του, τον χάιδεψαν και τελείωσαν γρήγορα τα γράμματά τους

Las mujeres lo siguieron inmediatamente, corrieron hacia él, lo

acariciaron y rápidamente terminaron sus cartas.
Τότε και οι τρεις μαζί έφυγαν από το διαμέρισμα
Luego los tres salieron juntos del apartamento.
δεν το είχαν κάνει για μήνες
No habían hecho esto durante meses
και πήραν το ηλεκτρικό τραμ στα περίχωρα της πόλης
y tomaron el tranvía eléctrico hasta las afueras de la ciudad.
Το αυτοκίνητο στο οποίο κάθισαν μόνοι τους ήταν εντελώς λουσμένο από ζεστό ήλιο
El coche en el que estaban sentados solos estaba completamente bañado por el cálido sol.
Συζήτησαν, ακουμπώντας άνετα στις θέσεις τους, τις προοπτικές για το μέλλον
Discutieron, cómodamente reclinados en sus asientos, las perspectivas para el futuro.
και διαπιστώθηκε ότι αυτές οι προοπτικές για το μέλλον δεν ήταν καθόλου κακές, μετά από προσεκτικότερη εξέταση
Y se descubrió que estas perspectivas para el futuro, al examinarlas más de cerca, no eran del todo malas.
γιατί και οι τρεις δουλειές ήταν, κάτι για το οποίο δεν είχαν ρωτήσει ακόμη ο ένας τον άλλον, εξαιρετικά ευνοϊκές
Porque los tres trabajos eran, algo que aún no se habían preguntado, extremadamente favorables.
και οι δουλειές ήταν ελπιδοφόρες, ειδικά για αργότερα
Y los trabajos eran prometedores, especialmente para más adelante.
Η μεγαλύτερη άμεση βελτίωση της κατάστασης θα έπρεπε φυσικά να προέλθει από την αλλαγή κατοικίας
La mayor mejora inmediata de la situación tendría que venir, por supuesto, de un cambio de residencia.
ήθελαν τώρα να πάρουν ένα μικρότερο και φθηνότερο, αλλά καλύτερα τοποθετημένο και γενικά πιο πρακτικό διαμέρισμα
Ahora querían alquilar un apartamento más pequeño y más barato, pero mejor ubicado y en general más práctico.

καλύτερο από το σημερινό διαμέρισμα, που επέλεξε ο
Γκρέγκορ

Mejor que el apartamento actual, elegido por Gregor

Καθώς μιλούσαν, ο κύριος και η κυρία Σάμσα,
βλέποντας την κόρη τους να γίνεται όλο και πιο ζωηρή,
σκέφτηκαν κάτι

Mientras conversaban, el señor y la señora Samsa, al ver que
su hija se animaba cada vez más, pensaron en algo:

σχεδόν ταυτόχρονα παρατήρησαν πώς είχε ανθίσει σε
ένα όμορφο και πληθωρικό κορίτσι παρ' όλη τη
φροντίδα που είχε κάνει τα μάγουλά της

Casi al mismo tiempo se dieron cuenta de cómo se había
convertido en una muchacha hermosa y voluptuosa a pesar de
todos los cuidados que habían hecho palidecer sus mejillas.

Έχοντας γίνει πιο ήσυχοι και επικοινωνώντας σχεδόν
ασυναίσθητα μέσω ματιών, σκέφτηκαν ότι θα ήταν
τώρα η ώρα να αναζητήσουν έναν καλό άντρα για
εκείνη.

Cada vez más tranquilos y comunicándose casi
inconscientemente a través de miradas, pensaron que ya sería
el momento de buscar un buen hombre para ella.

Και ήταν σαν επιβεβαίωση των νέων ονείρων και των
καλών τους προθέσεων όταν, στον προορισμό του
ταξιδιού τους, η κόρη τους ήταν η πρώτη που
σηκώθηκε και τέντωσε το νεανικό της σώμα

Y fue como una confirmación de sus nuevos sueños y buenas
intenciones cuando, en el destino de su viaje, su hija fue la
primera en levantarse y estirar su cuerpo juvenil.